P.-S. BALLANCHE

LA
VILLE DES EXPIATIONS

(OUVRAGE POSTHUME)

PARIS
H. FALQUE
86, rue Bonaparte

LA VILLE DES EXPIATIONS

Cet ouvrage édité par les soins des ***Entretiens Idéalistes***
a été tiré à 200 exemplaires :
30 ex. sur papier de luxe ; hors commerce.
170 ex. sur papier ordinaire ; cinq francs.
Mai 1907.

P.-S. BALLANCHE

LA
VILLE DES EXPIATIONS

(OUVRAGE POSTHUME)

PARIS
H. FALQUE
86, rue Bonaparte

INTRODUCTION

Ballanche est un des plus grands esprits du siècle passé. Sans doute, son génie ne connut jamais la popularité, mais il n'en eut pas moins une influence considérable soit en France, soit en Allemagne et c'est ainsi qu'on peut le nommer un des Maîtres de la Pensée contemporaine. La qualité de précurseur, on l'a remarqué, est souvent un désavantage pour la fortune littéraire ; il est vrai que, si tardive, la gloire reste à l'abri de l'inconstance des opinions.

Précurseur Ballanche le fut, quoiqu'on l'ait nié ; en effet, son livre *Du sentiment* parut non seulement en 1801, quelques mois avant le *Génie du Christianisme*, mais une lecture publique qu'il en fit en 1797 nous indique la date de sa composition. Si l'on doit considérer ce philosophe comme le premier témoin de la renaissance religieuse qui suivit l'âge des Encyclopédistes, nous signalerons encore l'unité de sa pensée. Nous la signalerons, car maintes fois des critiques la contestèrent. Cependant *Antigone*, *l'Homme sans Nom*, *le Vieillard et le Jeune Homme* expriment bien la même idée que la *Palingénésie sociale* développa : le progrès par la douleur expiatrice. Cette formule est le résumé de la Philosophie ballanchiste.

L'essai sur les Institutions sociales est l'introduction de la *Palingénésie sociale* et l'*Homme sans Nom* est celle de *la Ville des Expiations*. Le système de Ballanche a donc le caractère de l'unité et l'œuvre entier forme un tout architectural. L'auteur d'Antigone a laissé dans ses manuscrits le plan de son édifice grandiose qui devait s'appeler la *Cité Mystique*.

Montrer quelles sont les lois auxquelles les sociétés restent soumises, tel est le but que Ballanche se proposa en publiant la *Palingénésie sociale*. On a souvent répété que ce grand homme, après une soigneuse révision de ses travaux, leur aurait donné le titre synthétique de *Théodicée de l'Histoire*.

En réalité, l'étude de ses manuscrits montre qu'il voulait substituer le nom d'*Evolution plébéienne* à celui de *Palingénésie sociale*. Les Initiés à la doctrine ballanchiste, savent à quel point ces deux appellations conviennent : la première pour marquer la réalité historique, l'autre pour justifier *comment* s'accomplit la destinée des peuples, toute destinée pourrait-on dire.

Sur le point de mourir, Ballanche rassembla tous ses manuscrits pour en remplir une caisse volumineuse qu'il confia à la comtesse de Hautefeuille, son admiratrice. Ces manuscrits sont en partie à la Bibliothèque municipale de Lyon, la ville natale du philosophe.

Il est certain que plusieurs de ces manuscrits ont été perdus ; ainsi, aucune trace n'est restée des volumes que Ballanche voulait publier sous le nom de *Preuves*. Cette perte est à jamais regettable.

En voici la raison. L'auteur d'*Orphée* a presque toujours été considéré comme un esprit tourné vers la chimère, les volumes de *Preuves* auraient détruit un tel préjugé, ce dont Ballanche garda le souci. En effet, ne voir en cet écrivain qu'un rêveur prouve un commerce superficiel avec sa pensée ; au contraire, pour les hommes qui méditent, pour ceux qui cherchent les vérités scientifiques sous les voiles poétiques, l'œuvre du philosophe n'est point un fruit de l'imagination.

Mais si nous sommes privés des *Preuves* que nous appellerons d'érudition, nous pouvons déjà descendre avec l'auteur de la sphère mythique à la sphère positive en vérifiant ses doctrines sur l'histoire du Peuple romain. « Nous sommes convaincus, par l'ouvrage qu'il intitula la *Formule générale* à quel point la théorie s'applique à la réalité. Nous avons ici, disait avec raison *le Siècle*, Vico et Nieburh, plus un poète et un philosophe inspiré des idées régénératrices de l'ère moderne. »

Les œuvres de Ballanche devaient être éditées intégralement ; Madame de Hautefeuille, quoiqu'elle vénérât le penseur à qui elle dédia un ouvrage sur Jeanne d'Arc, écouta trop ingénuement certaines insinuations d'autant plus fâcheuses qu'elles n'étaient pas l'expression exacte de la vérité. Nous serions entraînés trop loin s'il fallait exposer les raisons qui aboutirent à l'inédition des travaux du phisophe ; elles seront ailleurs exposées et réfutées.

L'inspiration de Ballanche est essentiellement chrétienne ; l'idée religieuse admise, il s'est borné à tirer la conséquence. L'emploi de cette méthode le conduisit à dévoiler ce qu'on a appelé ses vues sur l'avenir.

Les applications des principes chrétiens se trouvent faites surtout dans la *Ville des Expiations* que nous éditons aujourd'hui pour la première fois.

Encore, prendra-t-on le fondateur de la *Ville des Expiations* pour un rêveur, Cette critique eût offensé Ballanche. Nous nous permettons d'emprunter à ce sujet quelques lignes d'une de ses lettres publiée par M. Herriot dans son magnifique et définitif ouvrage sur Madame Récamier. Ballanche écrivait donc le 26 août 1820 à Mademoiselle Amélie Récamier, sa correspondante :

« Dominé par la pensée que la peine de mort finira enfin par disparaître de nos codes barbares, je veux que l'on bâtisse une ville qui sera appelée la *Ville des Expiations*. Cette ville sera destinée uniquement à recevoir tous les condamnés de la France. Il faut que j'associe à ce travail un architecte pour qu'il me fasse les dessins de tous les édifices nécessaires à la *Ville des Expiations*. L'inconvénient de cet ouvrage, c'est qu'il me coûtera beaucoup d'argent à exécuter. Mais je ne puis pas me dispenser de faire cette dépense, parce que les gravures sont nécessaires pour faire saillir mes idées, parce que aussi il est bon de montrer qu'elles ne sont pas chimériques. Il me faut aussi des devis estimatifs. Vous saurez, Mademoiselle, que les Israélites avaient non pas des villes d'expiation, mais des villes de refuge. Mon idée, je crois, vaut mieux que celle de la colonisation.

« J'aurais là un collège de Missionnaires. J'aurais une école de geôliers. J'aurais une magistrature particulière. J'aurais des établissements d'instruction spéciale, des frères de la doctrine chrétienne, des sœurs de charité. J'aurais des ateliers pour occuper ceux des prisonniers qui pourraient être occupés. Les condamnés auraient des moyens d'améliorer leur sort. Ils verraient leurs fers s'alléger à mesure qu'ils le mériteraient.

« Que sais-je ? Peut-être les hommes les plus exécrables pourraient-ils parvenir un jour à sortir de la *Ville des Expiations* pour rentrer dans le monde des honnêtes gens. J'userais de tout ce qui peut servir à civiliser et à polir cette portion de la société qui peut-être n'a besoin que d'être faite à l'instinct so ·al. Je formerais un collège de médecins accoutumés à étudier la science sous le rapport moral. Il ne faut point parler de cette idée jusqu'à ce qu'elle puisse recevoir les développement dont elle a besoin. Elle passerait pour le rêve d'un songe-creux et il ne faut pas la discréditer d'avance ».

Les détracteurs de la *Ville des Expiations* peuvent être de plusieurs espèces. Nous avons dit que les idées émises par Ballanche ne sont que les conséquences des principes posés par le Christianisme ; doctrinalement au moins, les hommes religieux ne peuvent donc pas repousser une conception issue de leur croyance. Mais en général, à tous les contradicteurs, nous demandons dès à présent raison de leur répulsion en disant : Avez-vous essayé de mettre en prat. ,ue le système préconisé par le saint philosophe qui fut le Robert d'Arbriselles des scélérats.

LES EDITEURS.

La Ville des Expiations

LIVRE PREMIER

I

J'ai assez démontré, dans toute la suite de la Palingénésie sociale, que certaines classes d'hommes furent soustraites à l'attribution de leurs actes, par le défaut de liberté. Les hommes compris dans ces classes étaient donc irresponsables moralement.

A mesure que les fardeaux et les bienfaits de la société s'étendent, plus d'hommes entrent dans la composition des mœurs générales ; d'après mon système d'idées, cela veut dire que plus d'hommes participent à la capacité du bien et du mal.

Les devoirs de la société s'augmentent en raison de l'augmentation du nombre d'hommes successivement introduits dans la composition des mœurs générales.

A mesure que des hommes nouveaux arrivent sur le seuil de l'initiation sociale, ces hommes nouveaux représentent l'homme cosmogonique entrant en possession de la conscience de lui-même, promu à la sphère de la responsabilité, lorsque, pour la première fois, il fut doué de la capacité du bien et du mal.

Ces représentants de l'homme cosmogonique succombent à l'épreuve, comme l'homme cosmogonique succomba lui-même.

Mais nous savons à présent que le décret de la déchéance fut immédiatement suivi du décret de la réhabilitation.

C'est là que réside la raison des devoirs plus étendus imposés à la société. Nous avons vu qu'une loi providentielle se manifeste dans l'éducation du genre humain, divisé en initiables et en initiateurs.

Le progrès, avant le Christianisme, a dû se produire sous une forme antagonistique ; depuis le christianisme, il a dû tendre à se produire sous une forme harmonique.

Et le genre humain est un, et l'homme a toujours été identique à lui-même ; et cette unité et cette identité ressortent du progrès, car le progrès n'est qu'une évolution.

L'origine du mal, c'est la nécessité de la liberté, pour que l'homme fût, selon son essence, un être moral. L'homme ayant été créé libre, il a bien fallu qu'il pût abuser de sa liberté. Le mal hors de l'homme, le mal dans le reste de la création, est le mystère sous lequel s'enveloppe, en ce monde, la nécessité du mal relativement à l'homme, c'est-à-dire la liberté.

Pour emprunter l'expression algébrique de la Genèse, langage auquel je crois avoir accoutumé mes lecteurs, Adam, c'est l'homme universel, c'est la nature humaine en puissance et en acte ; c'est l'homme primitif se connaissant lui-même, se saisissant de la capacité du bien et du mal. Tous les hommes qui ont paru, qui ont leur place, composent une unité générale que la Genèse nomme Adam. Adam succomba à l'épreuve de la capacité du bien et du mal ; et cette épreuve ne pouvait lui être déniée, car sans elle, il n'aurait pas pu prendre rang parmi les intelligences morales. Adam succomba, et nous les représentants de l'homme universel succombons aussi à la même épreuve. Les temps successifs reproduisent incessamment les temps cosmogoniques, et l'évolution naît de l'identité. Toutefois, si l'homme universel succomba, il resta doté de la conscience. Ainsi l'homme universel est devenu l'homme évolutif.

Le mystère de la déchéance et celui de la réhabilitation s'expliquent l'un par l'autre. Le Christ, qui a racheté la nature humaine, n'aurait pu la racheter, s'il ne se fût identifié à elle. Voilà pourquoi le Christ est Dieu et homme.

Il ne suffit donc pas de contraindre la volonté, il faut la changer : le mal ne peut disparaître qu'à ce prix.

L'homme régénéré aurait donc l'éminente faculté d'ôter le mal ! Ceci résulte du double dogme de la chute et de la réhabilitation exprimé dans toutes les cosmogonies, proclamé dans toutes les traditions générales, expliquant à la fois l'homme et l'humanité.

Je le sais, on objecte à un tel ordre d'idées, qu'il est fondé sur une croyance générale, si l'on veut, mais une croyance, et qu'ainsi il peut être affirmé, et non prouvé ; enfin qu'il est du domaine de la foi, et non du domaine de la science.

Je réponds qu'une croyance universelle rentre dans le domaine de la science, sous le rapport des preuves de son universalité. Si de plus, elle manifeste le principe ontologique de l'homme, le principe cosmologique de l'humanité, alors c'est toute une psychologie de l'homme et de l'humanité, toute une philosophie qui a ses développements historiques. Ne pourrait-on pas ajouter, sans trop de témérité, que peut-être, dans l'échelle des êtres intelligents, l'homme est le seul qui soit un être moral ? ce qui justifierait la nature des épreuves successives qui lui ont été réservées.

En un mot, le dogme du Médiateur, qui est si avant dans les traditions générales du genre humain, repose sur cette doctrine que l'homme ne pouvait être régénéré que par des moyens qui lui fussent identiques. Sous ce point de vue la Rédemption, telle qu'elle apparaît dans le Christianisme, prouve aussi bien que la déchéance la liberté humaine.

C'est à la fois l'adhésion à la peine du péché, l'acceptation de la douleur, le consentement libre à la grâce de la réconciliation, le progrès de l'être moral, la naissance de l'homme nouveau, qui constituent la vraie expiation.

Ici nous rencontrons l'idée pressentie dans les Prolégomènes, à savoir que la solidarité et la charité ont continuellement tendu à devenir identiques. Nous devons donc arriver à croire que si, par un jugement inexplicable de Dieu, le fardeau du mal a été trop pesant pour quelques-uns de nos frères, il en résulte pour nous l'obligation de nous distribuer, dans toute la communauté sociale, cette portion excédante du fardeau. Le mal dont quelques-uns de nous ont été accablés nous a été épargné par un autre jugement de Dieu, afin que nous en prissions volontairement notre part.

La solidarité devenue charité établit l'équilibre providentiel, fait que l'infortune est une harmonie au lieu d'être un destin : c'est là sans doute cette portion de justice distributive que Dieu a voulu confier à l'homme par le développement de la loi chrétienne.

Maintenant reproduisons en d'autres termes la série des déductions qui viennent de nous occuper. Voyons si nous parviendrons au même but par une route différente.

II

C'est à la sympathie à reconstruire la société.

En effet la société paraît extérieurement menacée d'être mise en poussière par l'émancipation individuelle.

L'unité du genre humain, si souvent démontrée dans les divers écrits de la Palingénésie sociale, doit être affirmée de nouveau, à un moment où l'autorité des traditions non seulement s'affaiblit, mais semble sur le point de périr dans un naufrage universel.

C'est à la sympathie à parler comme les traditions.

Cette sympathie, dans sa plus haute sphère, est la charité, telle que l'a produite le Christianisme, telle que l'a définie l'esprit du Christianisme, telle que doit la développer le Christianisme, introduit dans la sphère civile et politique.

Cette sympathie est donc à la fois un sentiment et une doctrine. Elevée à une si éminente prérogative, la sympathie est une merveilleuse transformation de la solidarité.

Le Christianisme, entendu dans le sens le plus général, est en même temps le centre, le sommet, la preuve de toutes les traditions, le flambeau qui éclaire la destinée humaine, le lien logique du mythe et de l'histoire.

C'est sur lui que repose la grande unité du genre humain.

Je l'ai assez fait pressentir jusqu'à présent, dans toutes les initiations de la sagesse antique, il est un dernier epoptisme qui échappe toujours, qui reste toujours voilé, même pour l'hiérophante : c'est l'ombre du Christianisme, objet de l'attente générale.

Le Christ s'est fait le péché, comme dit Saint Paul.

Oui, si nous voulons accomplir la charité chrétienne, il

faut que nous prenions sur nous-mêmes le fardeau de nos frères, de ceux qui ont succombé à l'épreuve.

S'ils ont succombé à l'épreuve, est-ce une raison pour qu'ils cessent d'être nos frères ? Ne devrions-nous pas plutôt les présenter à une nouvelle épreuve, les y assister, la supporter avec eux ?

Le Christianisme antérieur à la manifestation dans le temps nous disait de supporter par la solidarité ; le Christianisme, depuis la manifestation, nous dit de supporter par la charité.

Ici seulement la question de l'abolition de la peine de mort pourrait se résoudre dans l'absolu ; jusque là elle ne peut être que conditionnelle. C'est donc le signe d'un ordre de choses complet.

La solidarité, revêtue du manteau chrétien de la charité, est la législatrice suprême de cet ordre de choses.

Hors de la charité chrétienne, je le conçois, la société, sans l'attribution des peines et du châtiment, serait, comme on l'a dit, désarmée. Mais le mystère de la charité suffit à toutes les garanties.

La mort et les fers nous délivrent des inquiétudes que peut nous faire concevoir l'existence des coupables : est-ce pour nous affranchir de l'inquiétude, pour nous donner du repos aux dépens de nos frères, que nous avons été mis dans le monde ? Serait-ce en vain que le Christianisme aurait substitué parmi nous la charité à la solidarité ?

J'ai voulu montrer, dès le commencement, le dernier terme de notre palingénésie actuelle ; il nous reste à la suivre dans ses détails.

III

(J'ai besoin de dire pour plusieurs passages de la Ville des Expiations, que cet ouvrage est écrit depuis plus de douze ans) (1).

La direction des idées qui ont remué le XVIIIe siècle ne doit-elle pas amener graduellement l'abolition de la peine de mort ? Ce n'est point sans de bonnes raisons que je pose ainsi la question. En effet, il ne s'agit pas, quant à présent, de savoir en général si la société a ou n'a pas le droit d'ap-

1) Voir l'Introduction.

pliquer la peine de mort ; il s'agit uniquement, d'après ma manière de voir personnelle, d'un point de fait social que je voudrais me borner à constater et à expliquer ; et comme un fait social est toujours de nature à ne pas être aperçu ou senti par tous, celui dont je cherche à établir l'existence peut subir de grandes contestations avant d'être unanimement admis. Un tel fait néanmoins ne saurait être plus important, puisque, d'après M. de Maistre lui-même, et en cela je suis de son avis, l'essence de ce fait constitue la société, est le lien de la société. Ce n'est donc pas une chose d'ordre et de police qu'il est bon de régler ; nous avons à choisir entre dénouer ou trancher le nœud social.

Dans une telle situation, je ne saurais poser des prémisses hasardées. Il me suffit d'être certain que si la société n'a pas le droit d'appliquer la peine de mort, elle ne peut tarder de reconnaître qu'elle a été trop longtemps usurpatrice et oppressive, ou que si elle fut réellement investie de ce droit redoutable, il viendra le temps où elle pourra y renoncer sans inconvénient, et qu'alors elle le devra, car la société comme les individus n'a que la faculté de légitime défense. Ainsi, raisonnant dans cette hypothèse qui ne touche point à la légalité, et que cependant quelques esprits ne se trouveront pas encore disposés à favoriser de leur assentiment ; raisonnant, dis-je, dans cette hypothèse toute pleine de réserve, je crois que, dès ce moment, il est bon de prévoir l'époque peu éloignée, selon moi, qui verra cesser cette usurpation cruelle, si toutefois c'est une usurpation, ou qui verra tomber en désuétude ce droit rigoureux, si l'on veut continuer de l'admettre comme un droit.

D'après ce que j'ai dit, ma pensée est facile à comprendre. L'intervention toute seule de la charité chrétienne dénoue un nœud qui serait inextricable sans elle. Il est inutile de répéter à présent ce qu'a dû être à l'origine le tissu du lien social ; je m'en suis assez expliqué ailleurs. Quoi qu'il en soit, il serait sage de prévoir, peut-être même de hâter, cette grande réforme dans nos lois criminelles, pour arriver, le plus tôt possible, à un temps qui, dans tous les cas, sera une époque chère à l'humanité. Ne voyons-nous pas déjà les répugnances que cause, parmi un grand nombre de jurés, l'application de la peine de mort ; et ces répugnances n'augmentent-elles pas de jour en jour ? Ne voyons-nous pas que l'auguste dispensateur du droit de grâce, si souvent obligé à des condescendances, court le risque, à chaque instant, de ne pas assez faire fléchir la justice, de ne pas assez compromettre sa haute prérogative ? Attendrons-nous donc qu'elles soient outrageusement éludées, et même grossièrement violées, toujours au détriment de la conscience des jurés, quelquefois même au détriment de la conscience des juges ? Ce n'est pas, il faut le dire, sans de grands dangers pour la morale publique, pour la morale intérieure, que l'on persiste à faire marcher la société dans les voies qui ne sont plus les siennes, parce qu'alors les droits et les devoirs deviennent tous incertains ; rien alors n'est obligatoire.

Or, le fait social que je viens de constater est précisément celui que j'ai caractérisé plus haut : la charité substituée, par le christianisme, à l'antique solidarité, comme la Providence est substituée à la Fatalité.

Le progrès est en fait, il ne s'agit plus que de le transformer en droit.

Depuis que ceci est écrit, le fait social que je voulais signaler a reçu une bien éclatante confirmation. La Chambre des Députés a été appelée à délibérer sur l'abolition de la peine de mort, et le gouvernement s'est engagé à présenter prochainement une loi.

Maintenant il est bien permis de dire que la foi en la légitimité de la peine de mort est, au moins, prodigieusement ébranlée, ce qui en rend désormais l'application impossible.

Toutefois ce qui s'est passé, dans cette circonstance, au sein de la Chambre et en dehors, me prouve que j'avais raison de m'exprimer avec quelque réserve.

Je ne ferai qu'une remarque au sujet de la séance de la Chambre, c'est que les orateurs sont restés dans la théorie de l'humanité, théorie belle et généreuse, mais évidemment insuffisante. Il aurait fallu entrer à pleines voiles dans la discussion religieuse, qui seule pouvait autoriser à résoudre le problème par l'absolu. Alors, au lieu de capituler avec le préjugé pour lui faire une part, on l'aurait abattu d'un seul coup. Je renvoie le lecteur à cette partie des Prolégomènes, où la question est envisagée dans toute sa généralité et placée dans la sphère religieuse progressive. C'est là que se trouve aussi traitée la question importante de la sanction pénale, c'est-à-dire du pouvoir d'infliger le châtiment. Au reste, la révolution de juillet a placé la couronne sur la tête d'un prince qui participe à tous les instincts de la société actuelle ; et nous savons à présent que le dispensateur du droit de grâce ne peut manquer de tremper avec tous les jurés de France dans cette sainte conspiration de l'humanité.

Ainsi la réforme, qui n'était que prévue, devient de jour en jour plus nécessaire, pour mettre d'accord la légalité et la conscience publique.

IV

Le législateur n'a pas besoin de régler le passé, car le passé est hors de sa puissance ; il n'a pas besoin de régler le présent, car le présent est hors de sa juridiction ; il ne peut régler que l'avenir, encore en le prévoyant, car il ne peut pas le faire. Avant donc que l'avenir soit le présent, je voudrais que l'on s'occupât, 1° d'un régime moral et diététique, appliqué aux prisons ; 2° d'une nouvelle graduation de peines. Ne nous mettons pas dans la nécessité d'improviser des lois.

Je prie d'abord de remarquer, quant au régime diététique le soin que les législations anciennes, que des sectes de philosophie, que des fondateurs d'ordres religieux, ont apporté pour régler la nourriture des hommes, pour entretenir leur propreté et leur santé, pour isoler certaines classes d'hommes au milieu des peuples, ou même pour isoler des peuples parmi les autres nations. Les mœurs, les habitudes, les costumes, le choix des aliments, des signes dans la chair, que de choses inutiles à rappeler en détail, parce qu'elles ne peuvent manquer de se représenter à l'esprit du lecteur ! Il faudrait que tout ce qui a été fait dans ce genre servît d'enseignement, et quelquefois de modèle, pour tout ce qui doit se faire. Quant au régime moral, il n'est pas besoin non plus de m'expliquer en ce moment : l'ensemble de cet écrit manifestera ma pensée à cet égard. Qu'il me suffise de le redire ; ce que d'anciens législateurs ont fait pour des peuples entiers, ce que des sectes philosophiques et des collèges de prêtres ont fait pour des initiés, ce que des fondateurs d'ordres monastiques ont fait pour des religieux, je voudrais qu'on le fît pour les hommes dont je m'occupe en ce moment, pour les hommes qu'il s'agit de transporter, d'une manière quelconque, hors des lois ordinaires de la société, pour les hommes à qui les épreuves communes n'ont pas réussi. Mais si nous les plaçons dans une sphère différente, il ne faut pas que ce soit dans le but de les éloigner de nous, de nous ôter le souci de leur surveillance. N'oublions jamais que nous ne devons point vouloir nous soustraire à cette antique solidarité, devenue une sympathie générale, et transformée définitivement en charité chrétienne.

Il est facile de comprendre dès à présent que mon hypothèse nous dispense de l'examen de tous les régimes pénitentiaires qui ont été essayés, ou dont les théories ont été proposées.

Nous parlions tout-à-l'heure d'une nouvelle graduation de peines; mais on le verra, par la suite, si mes idées venaient à acquérir quelque crédit, le système de graduation serait fort peu compliqué, encore ne serait-il que transitoire, puisque je veux parvenir à une suppression complète de toute peine. Ainsi que je l'ai dit, la charité suffit à tout, la charité entendue dans le vaste sens du christianisme, c'est-à-dire la solidarité nouvelle, sous la forme d'une mansuétude universelle.

Ajoutons seulement ceci : il est certain que l'abolition de la torture et l'abolition des supplices variés sont déjà un si grand pas vers l'abolition de la peine de mort, qu'elle en résulte, en quelque sorte, nécessairement.

V

Je sais qu'une commission est instituée pour l'amélioration du sort des prisonniers ; mais cette commission elle-même, quoique appelée à rendre de grands services, ne peut néanmoins diriger ses travaux que dans les routes tracées par notre législation actuelle. Or, à mon avis, notre législation actuelle est tout à fait provisoire : il serait donc indispensable, selon moi, d'adopter d'abord, et avant tout un principe que je crois devenu la moralité des peuples, l'un des instincts sociaux qui régissent les hommes de l'avenir. Résister à ce principe me paraît dès à présent résister à l'évidence d'un fait, car les faits de l'avenir sont toujours pris dans le présent.

J'aurais bien sans doute des arguments et des notions

historiques à faire valoir en faveur de l'abolition de la peine de mort ; mais je préfère en appeler tout simplement à la tendance générale des peuples placés dans notre orbite de civilisation. J'aime mieux m'appuyer sur la nécessité, cette grande souveraine des choses humaines, cette haute interprétatrice des volontés divines, parce que la nécessité est invincible, lorsqu'elle est, au lieu que le droit est susceptible d'être contesté, et que l'utilité elle-même peut être niée par les esprits trop prévenus. Au reste, cette nécessité, telle qu'elle m'apparaît, résultat de tant de faits et de tant de doctrines antérieures, n'existe point à l'insu de l'homme, et la liberté humaine y a concouru. Toutefois, je ne m'abstiendrai pas des arguments, non plus que des notions historiques lorsque le développement tout naturel de mes idées les amènera sous ma plume.

Je ne puis m'empêcher de remarquer encore ici que la révolution de Juillet est venue hâter le mouvement des esprits. N'importe, je laisse subsister ce qui est écrit, non point par respect pour ma pensée ancienne, mais parce que je dois lui conserver sa forme successive.

VI

Le projet que j'ai conçu, et que je me sens pressé de communiquer aux autres, l'ai-je conçu avec la confiance positive qu'il soit un acte en puissance destiné à être un jour un acte réalisé ; ou bien est-ce seulement un cadre plus ou moins heureux pour donner une forme à ce que beaucoup d'hommes appelleront, sans hésiter, un rêve philanthropique ? Quoi qu'il en soit, le voici tel qu'il s'est présenté à mes sens sympathiques, tel qu'il m'est inspiré pour me séduire dans ce qu'il y a de plus intime en moi ; et s'il ne m'est pas donné à moi-même d'apprécier jusqu'à quel point j'y crois, je puis certainement affirmer que je désirerais y croire de toutes mes forces intellectuelles et morales. Néanmoins, qu'il me soit permis de le dire, les autres, pas plus que moi, ne peuvent le rejeter sans examen ; et l'on ne saurait me refuser la faculté de le présenter à tous, de l'offrir à la méditation des sages. Il est de nature à avoir besoin d'être discuté longtemps d'avance, puisque l'exécution, au cas qu'elle ne soit pas impossible, exige des années entières et l'emploi de sommes considérables d'argent.

De plus, osons le proclamer, il est des pensées qu'on ne peut cacher sans crime, lorsqu'on les a eues, comme on ne peut les négliger sans un autre crime, quand une fois elles sont produites ; car qui prétendrait savoir si elles ne sont point une révélation de Dieu, agitant l'esprit humain, et cherchant un interprète ?

De plus enfin, un acte en puissance est toujours un acte ; s'il ne gouverne pas dans la sphère de la réalité, il gouverne dans la sphère de l'idéalité vers laquelle il faut incessamment tendre de toute l'activité de ses facultés progressives.

Mais, je veux en faire une dernière fois la remarque, la révolution de Juillet est venue ajouter à mes idées toute la maturité de sa puissante incubation.

VII

« Bâtit-on toujours des villes ? » demandait jadis un célèbre solitaire. C'était, il vous en souvient, à l'époque de la première émancipation du genre humain par le Christianisme. La nouvelle ère qui va commencer, l'ère du grand développement du Christianisme, moi je voudrais qu'elle fût marquée par la fondation d'une ville. Cette ville serait toute différente des autres. Elle aurait, en apparence, quelque chose d'analogue à ce qu'étaient chez les Hébreux les villes de refuge. Elle serait un emblème des destinées générales du genre humain, une image de la vie d'épreuves, qui est la vie de l'homme; elle serait la racine vivante de la civilisation progressive.

On la nommerait :

La Ville des Expiations

VIII

Au commencement du IVe livre des Lois, Platon cherche le nom qu'il donnera à sa cité typique ; ce nom sera tiré ou d'une circonstance de la fondation, ou du lieu, du fleuve, de la fontaine, ou d'une divinité. Ceci s'applique à une fondation spontanée, à l'œuvre d'une volonté dominatrice et indépendante : c'est une théorie, et les choses ne se passent point ainsi. Les villes primitives furent des faits cosmogoniques ; plus tard, des faits de colonie ou de conquête. Les anciens n'avaient pas à chercher le nom d'une ville nouvelle ; l'imposition du nom était une chose fatale. Nous avons vu que de deux fondateurs l'un donnait le nom, et l'autre formait l'institution. De plus, nous savons que toute ville antique avait deux noms ; l'un secret, l'autre public : l'un profane, l'autre sacré. Nous savons encore que les rituels fixaient les cérémonies augurales pour la fondation d'une ville selon le rang que devait tenir la ville, selon les facultés et les traditions dont elle était pourvue.

Platon dit formellement, et dans plusieurs endroits, qu'il n'a point prétendu fonder une cité, une république. Il a présenté un idéal, un exemplaire, une théorie, sans s'occuper de savoir si l'exécution était possible.

La belle imagination de Platon lui faisait chercher parmi toutes les contrées celle qui est le plus favorable à la vertu, celle où règne je ne sais quel souffle divin. Saint Jean fit mieux, il fit descendre sur la terre la Jérusalem céleste.

IX

La vie sociale, telle qu'elle est à présent, telle qu'elle fut, telle qu'elle sera un jour, tout cela est épuisé pour le discours. Je sais ce qui a été dit sur les misères humaines, je crois savoir tout ce qui peut se dire encore. Je connais les formes sociales dont les combinaisons sont épuisées ; je connais celles dont les combinaisons peuvent sortir d'un nouvel ordre de choses. Ne soyons point timides, transportons-nous dans le possible. Pour la première fois, créons une société *a priori*. Je n'assiérai point les fondements des murailles sur le saphir ou l'émeraude ; ce n'est point une Jérusalem céleste que j'ai à bâtir ; et toutefois un souffle divin y règnera. Il s'agit d'une société humaine, c'est-à-dire une société de malheur, de faiblesse, de crime ; une société d'êtres collectifs et solidaires soumis à mille épreuves diverses ; une société d'êtres intelligents et moraux, qui doivent se perfectionner eux-mêmes, se perfectionner les uns par les autres, s'améliorer graduellement. Ne vous souvient-il pas que la seule ville du monde anté-diluvien, dont une tradition auguste ait conservé la mémoire, est dite avoir été fondée par Caïn? Et cette ville du monde nouveau, qui s'appelle toujours la ville éternelle, cette ville qui eut toutes les sortes de puissances, a-t-elle renié un fratricide pour son fondateur?

Les premières sociétés humaines ont été soumises à la solidarité, d'une manière qui peut nous paraître étrange, et même injuste. Il serait facile néanmoins de l'expliquer par ce qui nous est connu des mystères de notre nature, révélés en nous-mêmes, et éclairés du flambeau des traditions générales du genre humain.

Plus l'on remonte vers l'origine des sociétés, plus l'on trouve qu'elles sont régies par une solidarité inflexible à l'égal du destin de la muse tragique. Et pourtant cette solidarité si inflexible, d'après tous les témoignages de l'histoire, devait produire un jour la loi miséricordieuse de la charité. C'est que le décret divin de la déchéance est le même que le décret divin de la réhabilitation; c'est que le genre humain a toujours été un et identique à lui-même. Et cette solidarité si inflexible s'empreignit dans les lois, toutes émanées de cet ordre primitif; en effet, plus l'on remonte vers l'origine du monde civil, plus l'on trouve les lois dures, prévoyantes, impassibles; et plus on avance dans l'histoire, plus l'humanité cherche à s'en dégager.

Mais, il ne faut pas l'oublier, par la simultanéité, par l'ineffable harmonie du dogme de la déchéance et de la réhabilitation, dès le commencement, la charité a été contenue en germe, et comme enveloppée dans la solidarité. Combien d'épreuves étaient nécessaires avant que ce qui était en puissance passât en acte!

La société a été imposée à l'homme, ainsi que je l'ai exposé ailleurs (Dans les *Institutions sociales*. Mais à l'époque où j'écrivais ce livre, j'étais loin de connaître toutes les raisons que la suite de mes méditations historiques m'a successivement enseignées depuis).

L'homme donc a reçu la liberté à cette condition. Le genre humain, sous certains rapports, a été civilisé malgré lui, et, remarquez-le bien, toujours par des moyens violents quoique la civilisation fût une loi de sa nature, déchue et réhabilitée. Dieu, voulait que le genre humain se civilisât, parce que, dans sa pensée éternelle, il avait voulu que la société fût un des moyens de perfectionner l'homme, parce qu'il avait voulu que l'homme, être libre et moral, fût l'ouvrage de l'homme lui-même. Voilà pourquoi, au commencement, il a suscité des hommes si puissants sur les autres hommes. Ceux-là, il les avait animés de son esprit ; il leur avait parlé dans le buisson ardent, ou parmi les tonnerres sur le mont Sina ; ou bien, il les avait envoyés dans le désert, pour leur parler seul à seul. Ainsi donc encore, plus l'on remonte haut, plus la distance est grande entre ces hommes et la multitude, ces hommes destinés à dominer les autres dans tous les genres ; plus aussi les hiérarchies sociales s'appuient, en quelque sorte, sur des inégalités naturelles. Trouvez, si vous le pouvez, des hommes plus durs, et plus durement conduits que les Hébreux. Il fallait bien à de tels hommes un homme tel que Moïse ; et Moïse est dit le plus doux des hommes. Le Lévitique est un type immense de ces législations primitives faites pour garrotter l'homme, tel qu'il doit être garrotté, tant que son éducation morale n'est pas faite. Le Christianisme a été une véritable émancipation du genre humain ; et cette émancipation est venu dans son temps, c'est-à-dire dans le temps fixé, à l'origine, par la divine Providence, dans le temps enfin où ce qui était né puissance devait se produire en acte.

L'erreur de M. de Maistre est de vouloir nous replacer sous les dures lois de la solidarité antique, de la division initiative des castes, sous les lois traditionnelles, absolues, immobiles de l'Orient. La société qu'il voudrait rétablir, cette société est condamnée, irrévocablement condamnée par celui qui a établi, dans un temps, la loi de la terreur et de la chair, et qui, dans un autre temps a établi la loi de l'amour et de l'esprit ; par celui qui avait enfermé la seconde loi dans la première, pour que l'une fût un développement et un corollaire de l'autre.

FIN DU LIVRE PREMIER

La Ville des Expiations

LIVRE DEUXIÈME

I

Dans l'état actuel de la société, les méchants, les scélérats mêmes, ne sont que des hommes hors du Christianisme, hors de la société telle que Dieu l'a voulue, telle que le progrès du temps l'a faite, des hommes en arrière du sentiment moral, enfin des barbares. Je prends ici le mot barbare dans le sens où il est généralement entendu. Les barbares qui ont régénéré l'état social, en le bouleversant tout entier, qui se sont répandus comme un torrent sur les débris de l'Empire romain, ne sont pas les Barbares instinctifs et intuitifs que Platon avait en vue, les pères des traditions selon Pythagore ; il ne faut jamais perdre de vue que les philosophes du dix-huitième siècle ont commis une grande erreur, en posant pour point de départ de la société l'état sauvage. Ils ont méconnu l'antiquité. Je m'en réfère à tout ce que j'ai dit dans les volumes précédents. Des philosophes avaient comparé les antiques Rois de la Grèce aux Caciques et aux Sachems ; ils ignoraient donc ces monuments cyclopéens qui précédèrent partout les siècles héroïques, et qui attestent de fortes civilisations antérieures :

ils étaient dispensés alors du soin d'expliquer ces monuments.

Les barbares, qui sont au milieu de nous, notre devoir est de chercher à les civiliser, ou du moins à civiliser leurs enfants. Ce sont des êtres individuels que nous avons à faire rentrer dans la communauté des sentiments sociaux, en réveillant ou en faisant naître en eux le sentiment moral, qu'il nous est prescrit de désindividualiser par l'éducation, s'il est permis de s'exprimer ainsi. Enfin replaçons-les sous le joug de la solidarité, mais avec la pensée intime et profonde que ce joug austère est une forme de la charité ; que par une suite d'épreuves et d'initiations appropriées il deviendra ouvertement un jour le doux lien de la charité.

Il faut donc recommencer pour eux la société primitive ; il faut créer pour eux une organisation sociale antique. Et ici je ne puis m'empêcher de signaler encore une fois l'erreur du dix-huitième siècle, au sujet du point de départ de la société. Ainsi il faut, comme dans les temps anciens, des lois qui règlent les paroles et les actions de ceux que nous avons à civiliser. Le nouveau peuple agira comme un seul homme, pour toutes choses. Ce sont des Hébreux à arracher à la maison de servitude,à conduire dans la terre promise, en passant par le désert, où ils logeront sous la tente. Et néanmoins nous ne prendrons pas M. de Maistre pour notre législateur ; car, même à l'égard du peuple nouveau, dont nous nous occupons, nous ne pouvons ni faire rétrograder, ni suspendre la loi de clémence et de grâce. Nous ne prendrons pas non plus Bentham, car nous avons des idées qui dominent celle de l'utilité, et nous tenons compte des traditions.

La société du genre humain, comme il a été déjà dit, a commencé par un état de déchéance ; toutes les traditions primordiales sont unanimes sur ce point. Les sociétés humaines, celles dont nous connaissons l'origine nous a été racontée par l'histoire ou par la poésie, qui est aussi l'histoire, mais l'histoire, primitive, toutes ont commencé par un état analogue. Qui sait si Spartacus n'aurait pas fini par régénérer l'institution romaine, déjà évidemment usée à cette époque ? Politiques profonds, voilez-vous la face devant les mystères de l'organisation sociale, devant les mystères, souvent sanglants, qui enveloppent le secret des diverses transformations politiques.

La Ville des Expiations aura donc un commencement semblable à celui de toutes les sociétés humaines. Seulement la prescience divine aura pour interprète la prescience humaine.

La nouvelle société de l'Europe, celle qui a manifesté tout à coup son existence par le tocsin terrible de 89, celle qui ne peut plus ne pas s'affermir, n'a point échappé à la rigoureuse loi que nous venons de signaler, loi si vivement empreinte de l'anathème dont nous devons travailler à nous relever. La diffusion des lumières n'a pu nous garantir des sanglantes saturnales de 93 : les lumières, il est vrai, n'étaient pas arrivées jusqu'aux hommes pour qui de tels crimes ne furent que l'instinct féroce du barbare. Le dix-huitième siècle avait été un siècle de critique et non un siècle de doctrine. Il ne pouvait donc pas fonder ; sa mission fut une mission redoutable, puisqu'elle ne consistait qu'à détruire.

Les esclaves, les serfs, les ilotes, les vaincus souvent s'affranchissent par des crimes dont rougit l'humanité. Plus tard, ils parviendront tout naturellement à l'instruction commune dont ils furent trop longtemps privés ; à la propriété, qui leur fera connaître les affections sociales auxquelles ils restèrent étrangers. Enfin ils entreront dans la composition des mœurs générales, seules vraies garanties de l'ordre.

Mais ce n'est point de cela qu'il s'agit ici. Les méchants d'un état social quelconque, ainsi que je l'ai dit, peuvent être considérés comme les individus hors de cet état social, ou par leur propre situation, ou par leur caractère, c'est-à-dire ou par leur nature intime, ou par des circonstances extérieures à eux ; des individus enfin, pour lesquels il est nécessaire de construire une société en rapport avec eux, dont les initiations successives leur soient appliquées. Ce sont des barbares qu'il faut civiliser, ou des abrutis qu'il faut réveiller au sentiment moral. En un mot, il faut se placer pour eux dans l'hypothèse où s'est trouvé le genre humain, après la déchéance, condamné à se refaire lui-même.

Voilà pourquoi, dans la Ville des Expiations, il sera juste de rétablir la puissance des traditions, de rendre son énergie au règne de la solidarité. Tout sera fixe, déterminé, immuable, inflexible, comme dans les législations anciennes. J'ai cité le Lévitique ; mais le principe progressif sera tenu en réserve dans le fond même de l'institution. Nous ne pouvons pas oublier que le mouvement d'évolution est inhérent aux sociétés humaines.

Ainsi que je l'ai dit au commencement, le progrès avant le Christianisme a dû se produire sous une forme antagonistique ; depuis le Christianisme, il a dû tendre à se produire sous une forme harmonique.

II

Que le lecteur me permette une remarque digressive, nécessaire pour éclairer la suite de mes idées. A l'origine, il est bon de le dire une fois,les facultés instinctives avaient plus de force et d'étendue dans l'homme, qu'elles n'en ont à présent ; telle est peut-être la raison qui explique, ainsi que je l'ai déjà fait pressentir, les connaissances météorologiques que nous avons perdues, et les progrès de l'astronomie antique ; telle est peut-être encore la raison qui expliquerait l'institution du langage originel. Pouvons-nous, en effet, nous faire une idée de ce que furent les langues près de l'origine du langage, c'est-à-dire à l'origine des choses, lorsque l'homme sortit, créature intelligente, libre et morale, des mains de son Créateur ?

Une de ces facultés primitives, dont il subsiste encore quelques traces, et qui commencent à se perdre par l'introduction des lumières acquises, par la science destinée à remplacer l'instinct ; une faculté que nous ne pouvons même déjà plus juger, quoique la tradition n'en soit pas très ancienne pour nous ; une faculté enfin qui ne se présente plus à notre esprit que comme une illusion superstitieuse, parce qu'elle est hors de nos sensations habituelles, c'est la seconde vue des Ecossais, et peut-être de quelques habitants des Alpes. Le magnétisme serait-il destiné à nous introduire un jour dans la connaissance des facultés instinctives primitives, ou du moins à nous les faire comprendre ? J'ai parlé ailleurs des nations chananéennes. Les charmes, les incantations, le magnétisme exercé sur les serpents, sur d'autres animaux ; les amulettes, les fétiches, les objets de la nature animée ou inanimée, qui restent empreints du magisme exercé par l'homme ; les sciences occultes enfin, qui ne furent pas toujours des jongleries ; telles sont les choses dont nous nous abstiendrons de rendre compte.

Parce que nous voyons que tout est successif, que tout se développe, chaque ordre de faits à son tour, nous croyons que tout a toujours été ainsi ; nous nous trompons. L'intelligence humaine est tout d'une pièce. L'homme a toujours été et sera toujours identique à lui-même. Au commencement, il était nécessaire qu'il sût beaucoup ; à présent, il est nécessaire qu'il apprenne beaucoup. Ayons toujours ceci présent à la pensée : il faut que l'homme se fasse lui-même ; et Dieu, en chaque temps, lui a donné l'instrument dont il a besoin. Il doit travailler à la sueur de son front jusqu'à ce qu'il revienne au lieu d'où il est sorti, comme s'exprime si énergiquement la Genèse.

M. de Maistre forme, à l'égard de la puissance primitive de l'homme, des conjectures analogues aux miennes. Il croit que le déluge fut une punition de crimes au-delà de nos facultés actuelles. L'anathème inexorable prononcé contre les nations chananéennes aurait pu lui fournir une conjecture de plus pour son hypothèse.

Ainsi, selon ce théosophe, l'homme, après avoir succombé à une première épreuve, aurait encore succombé à une seconde : la première aurait été faite sur l'homme universel ; la seconde sur les hommes issus de l'homme universel déchu.

Je laisse à d'autres le soin d'expliquer la prodigieuse algèbre de Moïse : ce n'est point ici le lieu de m'en occuper. Qu'il nous suffise d'y lire le double dogme de la déchéance et de la réhabilitation.

Je n'ai fait cette digression que pour marquer la distance vraiment incommensurable où nous sommes des institutions primitives. Nous ne pouvons pas reconstruire le vieil Orient, surtout à une époque où le vieil Orient va peut-être lui-même recevoir un immense ébranlement.

Toutefois remarquons que le vieil Orient se reconstruit toujours à toutes les époques.

La Grèce plaça dans la Thrace le berceau des traditions dont elle ne pouvait rendre compte historiquement ; l'Egypte fut le vieil Orient pour les peuples Occidentaux ; enfin l'Etrurie fut le vieil Orient pour les peuples Italiques.

Je ne veux point répéter ce que j'ai dit dans les Prolégomènes de la Palingénésie et dans les arguments de l'Orphée. Seulement je veux dire qu'il ne s'agit point de reconstruire tout un passé, qu'il ne s'agit point de faire repasser la cité nouvelle par les temps divins ou mythiques, qu'il faut se borner à chercher dans l'homme évolutif l'homme cosmogonique, car l'homme cosmogonique se retrouve toujours à toutes les phases de l'évolution.

III

Revenons sur nos pas. Il faut, disions-nous, recommencer la société pour les hommes en arrière ou hors de la société ; mais ne nous lassons pas de le redire, car c'est ici que commence notre profond dissentiment de M. de Maistre ; nous sommes toujours d'accord, lui et moi, lorsque nous sommes dans les temps antérieurs, sans application de ses doctrines aux temps modernes ; mais, puisqu'il faut le redire, nous ne pouvons séparer de la promesse la réalisation de la promesse ; le décret de la réhabilitation du décret de la déchéance. Ainsi la prophétie et le symbole ont un langage plus accessible. Ainsi, pour le culte, nous ne saurions rétablir les sacrifices d'animaux. Ainsi nous nous garderions bien de reconstituer les castes, lors même que ce serait en notre pouvoir. N'avons-nous pas le Christianisme? Et quel que soit notre régime d'exception, nous est-il permis d'ignorer le Christianisme ?

Nous fonderons de nouvelles traditions, mais ces traditions ne peuvent être que chrétiennes, qu'une série chronologique des diverses applications, des divers développements de la loi de clémence et de grâce. Nous n'avons aucune mission pour établir une religion ; d'ailleurs le Christianisme est la perfection et le complément de toute institution religieuse, d'ailleurs enfin il ne peut y avoir de religion sans une base cosmogonique.

Il est plus facile de faire comprendre que de dire le secret de la Ville des Expiations, ce qui doit en former le lien social.

IV

Que l'on me permette une dernière remarque.

L'individualité est un progrès ; la solidarité rigoureuse, telle que l'entend M. de Maistre, est une sorte de panthéisme qui anéantit le moi moral. Le moi moral doit augmenter d'intensité, et prendre de la réalité, à mesure que le sentiment moral se perfectionne dans l'homme. Ne craignons pas néanmoins que cette individualité puisse jamais arriver au point de détruire l'unité morale sur laquelle repose la société, unité qui est l'identité même du genre humain. Une autre fois, je chercherai à consoler les esprits chagrins qui nous croient menacés de la dissolution du lien social ; peut-être à expliquer plus ou moins comment ce lien continuera de subsister. Dieu a toujours veillé et il veillera jusqu'à la fin sur les sociétés humaines.

Ainsi donc je me contente pour le moment d'énoncer un point de fait tout simple. L'individualité, nous sommes forcés de le reconnaître, est une tendance et par conséquent un progrès. Dans une autre vie, l'individualité sera plus parfaite; dans celle-ci, elle ne peut éviter mille écueils. C'est cette imperfection de l'individualité qui en fait les inconvénients, qui produit le mal. Ceux qui ne sont pas encore faits pour cette individualité, tout imparfaite qu'elle est, c'est-à-dire les hommes en arrière du progrès, doivent recommencer leur éducation sociale, puisque celle à laquelle ils ont été soumis a été insuffisante pour eux. Tel est encore notre but en fondant la Ville des Expiations. Tout le problème consiste dans la transformation graduée de la solidarité en charité.

La charité est aussi le lien qui unit ce monde à l'autre, le passé et l'avenir, le temps mobile et l'immobile éternité.

V

Sans doute il y a toujours eu des méchants, des hommes en arrière de la Société où ils vivaient ; et plus le nombre de ceux qui entrent dans la composition des mœurs générales augmente, plus le nombre des méchants augmente, j'oserai dire dans une proportion à peu près égale. Il en résulte donc que le nombre des méchants était moindre dans les sociétés antiques que dans les sociétés modernes. Des classes entières étaient hors de la responsabilité, pendant que d'autres classes étaient couvertes du manteau de l'impunité.

Voici une autre observation qui mérite de ne pas être dédaignée.

Les stipulations des lois anciennes annoncent que le crime était puni comme un dommage et non comme une infraction de la loi morale, car la loi morale a longtemps été en puissance avant d'être en acte.

Incomplet et obscur le sentiment moral se manifestait alors indépendamment de la loi positive. Que l'on se souvienne de cette loi du talion qui est regardée toujours par certains esprits comme le type de la justice ; que l'on se souvienne encore de cette autre loi qui tarifait les indemnités dues aux parents d'un homme assassiné, selon la classe ou la condition de la victime. Nous trouvons ces sortes de lois étranges, parce que depuis, la loi morale nous a été donnée, parce qu'enfin le sentiment moral s'est perfectionné en nous. Je sais que durant la nuit du moyen-âge, qui fut le retour des siècles cyclopéens ou héroïques, les lois du talion, des représailles, des compositions ont existé, quoique le christianisme fût constitué en société publique. Mais il en est de cela comme de l'esclavage, qui s'est perpétué malgré l'Evangile, et de la servitude de la glèbe, qui a succédé à l'esclavage. Toutes ces choses indiquent seulement que le christianisme, par le côté où il touche aux affaires humaines, a été très lent à s'établir : il lui a fallu ni plus ni moins de dix-huit siècles pour pénétrer dans l'essence même de la société, pour passer de la sphère religieuse ou philosophique dans la sphère civile ou politique.

Le droit d'aubaine et le droit de confiscation viennent seulement de disparaître. Le mot de vindicte publique est toujours employé dans la langue de notre jurisprudence ; et il continue de l'être jusqu'à ce qu'il soit reconnu enfin que la société n'a plus le droit de se venger. Elle peut se défendre, mais non se venger, pas plus que les individus. L'homme et la Société sont des êtres analogues.

VI

La véritable mission de la société est de protéger les individus, de développer les facultés de l'homme, de perfectionner le genre humain. M. Cuvier, en creusant les premières couches du globe terrestre que nous habitons, a trouvé plusieurs âges de créatures animées qui répondent au temps de la Cosmogonie de Moïse. Les monuments de l'esprit humain nous donnent de même plusieurs âges de formes sociales, et, ce qui est encore plus étonnant, il sera possible un jour de déterminer plusieurs âges de procédés intellectuels ; l'étude approfondie des langues produira ce merveilleux résultat.

Cette considération nous conduirait à celle des races et à leurs diverses attributions. Mais cette question ne sera mûre que dans un demi-siècle. Resserrons notre cercle de discussion.

Voyez ce qui est arrivé pour notre civilisation Européenne moderne. Les nations qui bornaient au Nord l'Empire Romain formaient des races distinctes, dont les facultés caractéristiques sont un objet d'études si difficiles et si dignes de nous occuper. Ces races diverses se sont succédé sur les différents sols de l'Europe. A mesure que l'Empire Romain se retirait, le flot de l'inondation barbare s'avançait. Lorsque, par exemple, les Francs et les Bourguignons entraient dans les Gaules, les Goths s'établissaient sur la rive gauche du Danube et les Scythes venaient remplacer les Goths ; puis, les Tartares sont venus occuper, sur les bords de la mer Noire, l'ancienne patrie des Scythes auxquels ils ressemblent. Ce phénomène des populations et des races se pressant l'une l'autre, se succédant, se remplaçant ; les aborigènes chassés par les conquérants, devenus conquérants d'une autre contrée ; ce phénomène est un des grands problèmes de l'histoire ancienne.

Nous sentons, plus qu'il ne serait possible de l'exprimer, les différents âges de civilisation ; mais ce qui serait difficile à sentir et à exprimer, ce serait l'appréciation, la mesure du sentiment moral pour chacun de ces âges.

Quoi qu'il en soit, et ce qui, du moins, est hors de doute, c'est qu'à tous les âges de civilisation, il y a des hommes en arrière de cet âge lui-même, des hommes pour qui il faut refaire l'éducation sociale. Jusqu'à présent on a trouvé plus simple de les tuer, ou de les mettre aux fers ; j'ai déjà fait cette remarque.

Le génie de l'humanité a bien quelquefois fait entendre de nobles et de rares protestations. Quelques instincts sublimes se sont manifestés. On n'a jamais rien tenté dans un système général. Mais il est une réflexion qu'il ne faut pas omettre. Dans un ordre social où l'esclavage était de droit commun, il s'est trouvé des esclaves qui, malgré l'autorité d'Aristote, ne se sont pas sentis nés avec une nature d'esclave ; ils avaient en eux l'âme d'un homme libre. Ceux-là ont dû souvent réagir contre une société oppressive pour eux seuls. Ce que je dis des esclaves n'est qu'un exemple pour faire sentir ma pensée. Une simple désharmonie entre les facultés intellectuelles et le sentiment moral a pu pousser certains hommes dans une voie d'opposition aux lois établies. N'est-il jamais arrivé que des hommes nés dans un pays et dans un siècle pour lesquels ils n'étaient pas faits se soient trouvés comme emprisonnés dans les formes sociales, et aient fait des efforts plus ou moins condamnables, plus ou moins généreux, pour briser leurs fers ? Peut-être y en a-t-il qui n'avaient d'autre malheur que celui d'être nés prématurément, s'il est permis de parler ainsi, d'être nés au sein d'une civilisation trop peu avancée pour l'étendue de leurs facultés. On ne sait pas assez où peut conduire le défaut de sympathie avec les temps où nous vivons. Du malheur au crime, souvent la pente est rapide.

Substituons au châtiment, l'épreuve pour les uns, l'expiation pour les autres.

VII

Sparte fut une sorte de paradoxe réalisé. La Ville des Expiations sera une autre sorte de paradoxe réalisé. Lycurgue voulut pétrifier une législation héroïque. Nous prendrons le principe progressif à son origine, pour lui faire parcourir toutes ses phases. Nous règnerons dans notre ville par l'uniformité de la règle. Toute la vie, tous les actes de la vie y seront prévus et réglés jusque dans les moindres mouvements, jusque dans les moindres actions. Il y aura les heures des repas, les heures des prières, les heures des promenades, les heures de silence, les heures d'entretien, les heures de lecture, les heures de travail manuel. Pas une minute ne sera perdue.

Que si le génie de l'humanité, qui a eu ses prophètes, à diverses époques, daignait condescendre à la pensée dont je me rends l'interprète, et qu'il voulût me confier sa toise d'or, je commencerais dès à présent, à tracer l'enceinte et à creuser les fossés de la nouvelle ville. J'en dessinerais les murailles auprès d'un grand fleuve, dans une vaste plaine qui serait entourée de riches coteaux. J'y unirais toutes les magnificences de la nature avec le style noble d'une architecture sévère. Je me souviendrais des monuments de l'Egypte, non pour les imiter, mais pour produire des impressions analogues. On retrouverait donc quelque chose de ces formes sérieuses et gigantesques ; grossières de près, types de beauté de loin, et surtout je n'oublierais pas les aspects symboliques et instructifs : les lignes seraient des idées. Tous les moyens de salubrité et de propreté seraient prodigués dans la distribution de la ville, soit par les courants atmosphériques, soit par les plantations d'arbres, soit par le luxe des eaux. Les abords en seraient larges et commodes, mais l'accès en serait difficile ; on ne pourrait y entrer que par une seule porte.

La ville, toute entourée de remparts, serait partagée en deux parties distinctes ; l'une serait la ville haute, et l'autre serait la ville basse.

La ville haute serait composée d'édifices publics, et de maisons pour des marchands, des ouvriers, des artisans de toutes sortes. La ville basse serait uniquement destinée aux habitants soumis à la vie d'expiations. Une banlieue considérable, qui serpenterait autour des collines et dans la plaine, appartiendrait à la ville, serait comprise dans la même administration, et serait réservée toute entière aux affranchis ou aux expiés, qui prendraient dès lors le nom de colons. Cette banlieue serait divisée en jardins et en petites fermes avec de jolies habitations.

VIII

Si Caïn et Judas ont été condamnés pour avoir désespéré de la justice divine, que penser de la justice humaine ? Car enfin c'était sur eux-mêmes que Caïn et Judas prononçaient la sentence d'irrémission ; et nos juges de justices humaines s'avisent de la prononcer sur les autres ! Ils seraient condamnés, s'ils se condamnaient eux-mêmes, comment osent-ils condamner ceux dont la conscience ne peut être connue par eux ? La Genèse prononce un sextuple anathème contre ceux qui attenteraient aux jours de Caïn, et un anathème sept fois septuple contre le meurtrier de Lamech, l'autre meurtrier.

Je ne saurais trop le redire, au risque même d'atténuer les arguments dont je dois me servir, il ne faut pas croire qu'il soit dans mon intention de censurer les actes par lesquels la société s'est investie, ou s'est crue investie du droit de condamner à mort. Jamais je ne consentirai à m'établir juge d'un ordre de choses dans lequel je suis né : Socrate aima mieux mourir plutôt que de se soustraire à la rigueur d'une loi dont il avait cependant reconnu l'injustice. Encore moins voudrais-je m'établir juge d'un ordre de choses dans lequel je ne suis pas né, dont je ne fais point partie : ce serait en quelque sorte se déclarer juge de la Providence elle-même. Je sais seulement qu'une loi morale n'existe pas pour le monde, avant d'y avoir été d'abord prédite, et ensuite promulguée. Les vérités n'arrivent que successivement, et ne se développent que graduellement. Ce que j'ai exprimé plus haut, sous la forme d'un doute, j'ose ici l'affirmer : non, la société n'avait point usurpé le droit de mort, reste du droit de vie et de mort accordé aux pères sur les enfants : elle ne l'avait point usurpé, puisqu'elle les a tous en elle. Peut-être l'usurpation commencerait-elle dès à présent, si elle voulait continuer de le retenir contre la tendance des idées et des sentiments.

Lorsque vers le milieu du siècle dernier, Beccaria, l'avocat général Servan, et plusieurs autres précurseurs d'une révolution maintenant à moitié accomplie dans la jurisprudence criminelle, faisaient entendre leurs éloquentes réclamations en faveur de l'humanité, ils trouvèrent de nombreux contradicteurs. De cette controverse qui agita tous les esprits dans le temps, il n'est resté que les écrits des partisans de la réforme, parce que ceux-là seuls étaient en sympathie avec les opinions générales, avec l'avenir de la société ; le reste est absolument inconnu. C'est toujours ainsi. Nul ne peut survivre qu'en vivant d'avance dans l'avenir.

Mais revenons à ce que nous disions tout à l'heure. Une loi morale n'est point obligatoire pour l'homme avant sa manifestation dans le monde, si ce n'est pour ceux à qui il a été donné de devancer les temps. Et c'est la société tout entière, la société telle qu'elle est devenue par le progrès des idées, qui manifeste en ce moment son horreur pour la peine de mort. Il est du devoir du législateur d'obéir à cette expression de la société actuelle. Une loi morale a aboli la confiscation ; cette loi a précédé l'acte législatif qui l'a réalisée ; auparavant sans doute, quoique dans un sens relatif, la confiscation pouvait paraître juste, parce qu'elle était très légale, et d'une légalité non conventionnelle. Les principes sont invariables et absolus, mais les applications changent. La société se perfectionne elle-même, parce que le mouvement perfectif a été mis en elle par l'auteur de la société ; et, en se perfectionnant, elle perfectionne l'homme, parce que c'est là sa mission : la société et l'homme ont l'une sur l'autre une action réciproque et continue : les sociétés vieillissent et meurent, mais elles laissent un héritage qui ne meurt jamais.

Hobbes avait raison de regarder l'état social comme un état de guerre : c'était ainsi de son temps, car l'harmonie n'avait pas encore été substituée à l'antagonisme. Rousseau dévoré de mélancolie, trouvait l'état social un état non naturel, et par conséquent un état dépravateur. Telle fut la source de toutes ses erreurs dans tous les genres ; les erreurs aussi bien que les vérités sont sœurs.

On est toujours parti de ce principe faux : à savoir que l'homme a primitivement aliéné une partie de sa liberté pour obtenir en échange la protection sociale. C'est une hypothèse contredite par toute l'histoire, par toute la philosophie du genre humain. L'homme n'a rien aliéné, n'a pu rien aliéner. Il n'a point cédé une chose, il ne s'en est point réservé une autre. Il n'a point stipulé pour lui et pour les siens. Il n'a point le choix, il ne l'a jamais eu. Il est essentiellement et constitutivement être social ; c'est sa nature. Il a toujours trouvé la société toute faite ; il l'a trouvé toute composée d'un passé et d'un avenir ; il y est né seulement avec sa liberté morale. Ainsi donc la société a des droits antérieurs aux individus qui la composent, des droits primitifs qui dominent et enchaînent les individus.

Il y a une remarque importante à faire ici, et que j'ai déjà consigné quelque part. On trouve parmi les nations sauvages une sorte de stupidité invincible qui s'oppose à l'avancement des idées. On sent que les générations seraient destinées à se succéder indéfiniment, sans se perfectionner, et que les enfants ne sachant jamais que ce que leurs pères leur auraient appris, la masse des idées ne pouvait s'augmenter. Cet état qui paraît être un état de dégradation d'une société antérieure, devrait être stationnaire, puisque l'homme ne transmettrait jamais que ce qui lui aurait été transmis. Il en est de même du langage qui paraît également n'être formé que des débris d'un langage antérieur.

L'instruction ne pouvait donc pas sortir du sein de ces sortes de peuples ; elle devrait donc venir du dehors. Il serait donc permis de croire à une instruction primitive imposée dès l'origine ; il serait donc permis d'affirmer que les perfectionnements successifs de la société ont, par la même raison, été imposés, et ne furent jamais le simple résultat du progrès naturel des choses ; encore le progrès naturel des choses est-il hors de la puissance des individus. Je n'ai pas besoin de faire remarquer que je ne m'occupe pas en ce moment de la diversité des facultés attribuées aux diverses races humaines.

La révélation, considérée sous le rapport philosophique, est le besoin pour l'homme que l'instruction vienne d'une source extérieure à lui. Il est bien entendu toutefois que je n'exclus point la spontanéité, qui est tantôt une des formes de la révélation, tantôt l'expression ou le résumé d'un état antérieur.

Ainsi la révélation, les traditions, la spontanéité, sont la trame merveilleuse des destinées humaines.

L'homme prend hors de lui, mais il s'assimile à lui.

Ces pensées nous introduiront bientôt dans de nouvelles considérations que nous devons écarter en ce moment pour continuer notre discours. Beccaria, dont nous parlions tout à l'heure et qui a partagé la grande erreur du dix-huitième siècle, celle de l'hypothèse du contrat primitif, Beccaria, parmi les arguments contre la peine de mort, emploie celui-ci. L'homme n'a pu jamais céder le droit de lui donner la mort. Certainement non, mais cela n'empêche point que la société ait pu l'avoir, car la société étant, ainsi que nous le disions, antérieure à l'individu, elle a des droits antérieurs. D'ailleurs encore, même dans la supposition du contrat primitif, chaque homme n'aurait cédé le droit de mort sur lui que pour assurer sa propre vie. Ainsi la société a pu fort bien avoir le droit de vie et de mort, et l'individu n'avoir point le droit de se tuer. L'individu néanmoins a incontestablement le droit de se dévouer, même au risque d'une mort certaine, mais sans qu'il en résulte pour lui le droit de se tuer lorsque la vie lui devient à charge.

Ceux qui accordent à l'homme le droit de se tuer, comment s'y prennent-ils pour contester le droit de tuer les autres ? On résonne toujours mal lorsque l'on raisonne sur un droit inhérent à l'individu : remontez donc toujours, je vous en conjure, et il n'y a que cela de vrai, remontez au sentiment moral et à l'institution divine.

IX

Le contact du bourreau, la simple vue du bourreau vous font frémir, et il n'est qu'un instrument! Retirez-vous donc du juré et du juge ! Fuyez l'approche de tout homme qui n'a pas reculé devant la pensée de l'irrévocable !

Oui, hâtons-nous de supprimer la peine de mort, quand ce ne serait que pour qu'il n'y eût pas cette sorte de créature, cette créature isolée et sinistre, ce terrible excommunié qu'on appelle le bourreau.

Une autre sorte de créature suscite aussi une profonde pitié. Il faut bien le dire, et j'en demande pardon au lecteur ; il faut bien le dire, puisque c'est aussi un des grands opprobres de l'ordre social. Il s'agit de la profession de femme publique, si l'on ose appeler profession un tel état de dégradation. Des hommes qui parlent de mœurs comme M. de Maistre parle de justice, ne sont-ils pas accoutumés à décider du haut de leur cruelle sagesse que la prostitution est la garantie de la sûreté du mariage ? Ah ! si je ne craignais pas d'outrager la pudeur comme M. de Maistre a fait baisser les yeux à la sainte humanité, je pourrais à mon tour, peindre cette nécessité sociale qui commande à de certaines femmes le sacrifice ignominieux que des nations idolâtres ont imposé pour honorer d'impudiques divinités ; je pourrais peindre ce malheur abject qui pèse sur elles, et qui les parque ainsi que des êtres immondes, de vils rebuts de la société ; je pourrais enfin peindre cette acceptation de l'opprobre, ce consentement à l'outrage, caractère singulier d'un vice érigé par nous en profession. Qui refuserait de connaître la même raison, le même principe, les mêmes analogies? Toujours quelques-uns dégradés pour relever la dignité des autres ! Toujours oubli de la solidarité et de la charité ! Oh ! s'il était vrai que la société ne pût se soutenir que par de telles calamités ; s'il était vrai encore que la société eût besoin des iniques ressources, des honteux et coupables stratagèmes de la police ; s'il était vrai enfin que la morale et l'art de gouverner les hommes fussent établis sur des principes différents, alors il faudrait crier de toute sa puissance contre l'ordre social, alors il faudrait secouer fortement, comme ce fameux juge d'Israël fit pour le temple des idoles, et s'ensevelir sous les ruines de ce temple sacrilège.

En effet, allons jusqu'où nous pouvons aller dans les

conséquences d'un si déplorable système. Il y a pour les voleurs, pour les faussaires, pour les escrocs, une sorte d'instinct, qui peut paraître aussi un instinct inné, un jugement de Dieu sur la société. Eux aussi sont une nature à part, si l'on ne consulte que les mêmes analogies, si l'on se place dans la même sphère d'idées que M. de Maistre. Remarquez les prodiges d'intelligence, d'adresse, de sagacité que font éclater les voleurs dans la conception du crime. Comme ils s'entendent ! Comme ils se répondent ! Comme ils sont en sympathie les uns avec les autres sans se connaître ! Cette intelligence employée à faire le mal, ce courage à braver de honteux et obscurs dangers, cette lutte perpétuelle de plusieurs contre tous, inégale par la force, et qui se prolonge par la ruse, ce brutal désintéressement du danger et de la mort, cette loyauté dans le partage du vol, vraie parodie de la justice, vraie ironie de l'équité ; cette soumission à une discipline qui remplace la loi et le devoir, cette vie aventureuse qui fait le brigand, le flibustier, le pirate, le conquérant même, lorsqu'il n'est que conquérant, tout cela compose aussi, si l'on veut, une nature à part.

Et le mendiant donc ! cette existence insouciante, vile et paresseuse, ce goût de l'abjection et du mépris, ne constituent-ils pas une créature en dehors des autres créatures humaines, pour la sympathie des sentiments ?

Retranchons-nous dans les catégories, dans les natures diverses, nous serons bien à notre aise pour expliquer, pour justifier même, pour légaliser enfin les choses ignobles de l'ordre social, choses que nous devrions tendre au contraire à en faire disparaître. Nous dirons alors : la société ne peut exister sans prostituées, sans mendiants, sans voleurs ; comme M. de Maistre dit qu'elle ne peut exister sans bourreaux ; comme des publicistes anciens et même des publicistes modernes ont dit qu'elle ne peut exister sans esclavages. Ces Parias volontaires, ces Hôtes libres, ces misérables qui se cachent dans l'ombre, et qui dérobent en quelque sorte leur existence sans cesse menacée, formeront des sociétés différentes les unes des autres. Je ne puis pas croire que ce ne soit pas contraire au but de l'association humaine. Vous prétendez que de telles dégradations sont un produit nécessaire de la force des choses, et moi je prétends que ce sont des barbares qu'il faut civiliser, que cette lie deviendra un vin généreux lorsque la société sera égale pour tous. Ne prenez point pour prétexte de votre inhumanité et de votre insouciance le résultat de l'inégalité des rangs, des hiérarchies sociales. Je vais plus loin, si vous persistez à admettre des classes naturellement dégradées, vous ne pouvez tarder à les multiplier. Il y en aura toujours qui d'abord échapperont à vos classifications, et qui viendront ensuite s'y ranger. Vous prodiguerez la séduction pour avilir ; ensuite vous vous en tirerez par le mépris justifié ; bientôt vous en viendrez à mépriser l'homme lui-même, l'homme image de Dieu ; et la dignité qui devrait être pour tous, ne sera plus qu'une exception faite par votre caprice. Ah ! je vous le dis encore une fois, vous m'apprendriez ainsi à repousser la société, la société qui, malgré vous, sert à l'avancement de l'homme.

Je sais bien que les différentes analogies que je viens de signaler ne sont point du même ordre. La nécessité de ce que la justice offre de terrible, sans doute vient de ce qu'il y a toujours eu, de ce qu'il y aura toujours des malfaiteurs.

A mesure qu'un plus grand nombre d'hommes est admis aux droits de cité, à mesure qu'un plus grand nombre entre dans la composition des mœurs générales d'une époque, alors toutes les idées relatives et absolues changent dans toute l'étendue de la hiérarchie sociale. Alors les peines infamantes et la peine de mort prennent réellement plus de gravité ; alors elles deviennent plus difficiles à appliquer, car le sentiment de la dignité, dans les classes inférieures, et le sentiment de l'humanité dans les classes supérieures, faisant toujours des progrès égaux, doivent finir par se rencontrer.

C'est à la doctrine des initiations à préparer la réparation de tant de maux, à opérer graduellement la transformation de la solidarité en charité.

FIN DU LIVRE DEUXIÈME

La Ville des Expiations

LIVRE TROISIÈME

I

Comment concilier les lois préventives avec la liberté ? Le don de la capacité du bien et du mal suppose la nécessité de l'épreuve.

Faciliter l'épreuve, la proportionner selon le besoin de celui qui y est soumis ; voilà toute la pensée des lois préventives.

Un malade qui a des éruptions sur la peau n'est pas seulement traité à l'extérieur par un médecin habile ; ce médecin travaille à purifier le sang de l'individu, à rétablir l'équilibre des humeurs. En vain vous supprimerez la peine de mort, en vain vous graduerez avec soin les autres peines, vous n'aurez rien fait si vous ne réformez l'ensemble social. La société a cessé d'être un fait fatal ; elle est devenue un fait qui retombe de plus en plus dans le domaine du libre arbitre. Et ici je ne vous demande point une vaine utopie. Commencez par extirper la mendicité, premier élément de nos hontes et de nos misères ; substituez graduellement les secours à domicile à l'établissement des grands hôpitaux. Dans le système à domicile tout profite à la famille dont vous resserrez les liens par les soins qu'elle-même continue de donner au malade ; dans le système des hôpitaux, vous créez de nouvelles calamités, vous entretenez une sorte de dédain de soi-même, qui est un si grand mal, vous achevez de détruire les affections domestiques.

Une première mesure à prendre, c'est d'inculquer le sentiment de l'avenir à ceux qui en sont dépourvus. Inspirez-leur la prévoyance par tous les moyens possibles, et vous aurez fait un pas immense. Soignez l'aisance de chacun, faites-la descendre dans toutes les classes. Respectez en tous la dignité humaine, afin que chacun se respecte soi-même. Multipliez le travail et les produits du travail ; divisez la propriété ; ne vous laissez pas assourdir par les plaintes qu'exhalent ceux qui craignent que chaque portion de terre, à force de se diviser, ne finisse par s'anéantir. Faites que le travail soit certain de son salaire et de sa récompense, et que l'homme laborieux ne puisse pas craindre d'être réduit au pain de l'aumône ; faites que, par le travail quant à l'industrie, par de bons procédés agronomiques quant à la culture des terres, par la bonne direction des produits, la petite propriété s'améliore plutôt qu'elle ne s'agrandisse. Les machines multiplient les forces, les assolements multiplient la terre. Où la charrue de la grande propriété donnera sept, la bêche de la petite propriété donnera dix ; et cela indépendamment des autres produits. Considérez un champ comme une manufacture. Répandez l'instruction, civilisez autour de vous.

La meilleure manière de faire des lois préventives, lesquelles ont toujours été le grand problème de l'organisation sociale, c'est de répandre l'instruction, l'aisance, la propriété foncière ou industrielle, le sentiment moral, de développer l'intelligence pour arriver plus sûrement au développement du sentiment moral.

Admettez qu'il n'y a d'autre inégalité que celle des facultés. C'est Dieu qui a voulu cette inégalité, et il a voulu qu'elle fût initiative. Il l'a domptée par une loi progressive que nous ne pouvons formuler didactiquement, mais que des considérations sur la marche des destinées humaines nous aident à entrevoir. N'est-ce pas déjà un grand progrès que la force morale ait pris l'ascendant sur la force physique ? Introduisons le plus grand nombre d'hommes que nous pourrons dans l'usage de la force morale. L'âge des sociétés fondées sur les castes, sur l'esclavage, etc... est passé, et les sociétés furent légitimes ; mais l'inégale répartition des facultés humaines, dont elles furent l'expression rigide, continue de subsister, toujours sous la condition de la loi progressive.

II

Lorsqu'il n'y aura plus ni prostitution publique, ni mendicité, c'est-à-dire lorsque la société elle-même donnera l'exemple du respect pour la nature humaine, alors l'œuvre des lois préventives sera bien près d'être accomplie.

On a commencé par abolir les supplices, il faut encore abolir la peine de mort. Comment interdire le meurtre, lorsque la société, elle-même, se le permet ? Faudra-t-il qu'elle s'arroge l'odieux privilège du meurtre ? Et un meurtre lent, froid, calculé ? Et encore un meurtre consommé par un moyen mécanique ! La mort donnée à l'homme par une machine ! L'homme livré comme une bête féroce prise dans un piège ! L'ironie d'un démon ne saurait aller plus loin : cela fait frémir de honte et d'indignation. L'homme rendant le dernier soupir dans la rage ! L'heure suprême, une heure de malédiction ! Dieu ! des regards avides, et nulle pudeur pour la souffrance la plus intime ! Croyez-vous que cet horrible jet de sang ne fera pas naitre des idées de sang ? Croyez-vous que ce spectacle d'angoisse et de terreur soit innocent pour ceux que vous y conviez ? N'y a-t-il point un anathème puissant quelque part, si ce n'est sur l'échafaud, du moins dans la foule ?

L'argument tiré de l'exemple ne peut déjà plus se soutenir avec assurance. L'utilité, lorsqu'il s'agit de la souffrance et de la mort, l'utilité est l'idéal de l'odieux.

Rassurez-vous cependant si vous voyez luire le jour où les funestes fonctions de bourreau n'existeront plus... Oui, la société continuera de marcher malgré les menaces de M. de Maistre. Dieu, car c'est Dieu qui veut une rançon, qui veut être supplié par le sang, Dieu ne cessera point de laisser tomber ses regards paternels sur la société.

Lorsque vous serez bien convaincus que l'homme a toujours droit à l'expiation, alors vous n'aurez ni prisons, ni hôpitaux, ni supplices, ni chaînes à sceller.

En supprimant la peine de mort, soyez-en prévenus d'avance, je ne veux ni l'esclavage, ni la privation de l'air et de la lumière ; je veux conserver la liberté des mouvements. Enfin je ne veux pas substituer à la peine de mort une peine pire et plus longue. Beccaria n'avait pas assez secoué le joug des préjugés qui de son temps pesait de tout son poids sur la jurisprudence criminelle. Et d'ailleurs, comme je l'ai déjà dit, ce que je veux éviter, c'est l'irrévocable.

Souvenons-nous du respect que nous devons toujours à une intelligence morale et libre ; souvenons-nous que nous ne pouvons sans crime empêcher l'homme de mériter et de démériter. J'ai fait connaître plus haut tout mon secret. Je veux recommencer l'éducation de ceux à qui elle n'a pas réussi jusqu'à présent, ou les introduire dans un autre milieu social, celui où ils sont nés ne pouvant plus que les corrompre ; car un ordre social quelconque corrompt inévitablement ceux qui ne sont pas faits pour lui. On me répondra que je ne puis ôter le mal du sein de la société, je le sais bien, puisque j'ai imaginé la Ville des Expiations.

III

Que direz-vous, hommes du monde si faciles à vouloir que la justice soit rigoureuse, parce que vous vous croyez au-dessus des soupçons de la justice, parce que vous vous croyez inaccessibles à toute séduction, parce que vous pensez qu'aucune circonstance ne peut tromper vos intentions, qu'aucune illusion ne peut égarer vos sens et votre imagination ; que diriez-vous si je vous annonçais dès à présent que parmi les grands coupables réunis un jour dans la Ville des Expiations, il y en aura certainement dont il faudra certainement travailler à adoucir les remords : qu'il y en aura à qui il sera bon d'enseigner qu'il ne faut jamais désespérer de soi ?

Que diriez-vous, si je vous affirmais, comme déjà on a osé l'affirmer dans l'Homme sans Nom, que certains hommes pour être épurés doivent passer par la fournaise ardente des remords les plus poignants ? Et vous qui êtes si fiers de votre innocence conservée, que diriez-vous si je me permettais un doute outrageant à votre égard, puisque vous m'y autorisez par votre manque de charité ? Peut-être en effet est-ce par ménagement pour votre faiblesse que les grandes tentations, c'est-à-dire les grandes épreuves, vous ont été épargnées ; ne soyez donc pas si fiers de ce que les routes ont été aplanies pour vous. Vous n'auriez pas été assez forts ; vous aurez été moins éprouvés, vous serez placés moins haut. Eh bien ! sachez le enfin par moi, oui, j'en suis certain, la grande expérience que je propose montrera des abîmes du cœur, des abîmes de toutes les sortes, et que nous ignorons encore. Derrière des mystères de perversités nous découvrirons avec joie des mystères de bons et nobles sentiments enfouis dans le cœur de ceux que nous nommons les méchants, comme de secrets et détestables sentiments sont quelquefois cachés dans le cœur de ceux que nous nommions les bons.

Enfin, il faut bien que nous finissions toujours par retrouver une âme humaine, une intelligence humaine, une créature promise à de hautes destinées. Sachez donc que le cœur de tous les hommes est pétri de la même argile, et que le cœur de tous les hommes produit de bons et de mauvais sentiments, comme toute terre produit le blé et l'ivraie. Et de plus, si vous êtes chrétiens, comme je ne puis en douter, souvenez-vous que toute créature humaine a été jugée digne d'être rachetée par la mort de l'Homme-Dieu.

Que diriez vous encore, sages et prudents du monde, si je vous annonçais comme certain que, quelques années après sa fondation, les habitants de la nouvelle ville formeraient une colonie régénérée qui régénèrerait la société où elle aurait été fondée ? Elle deviendrait, si j'ose m'exprimer ainsi, la métropole du sentiment moral.

Permettez-moi que je vous le redise, car je voudrais le dire à toutes les pages, le grand besoin de l'homme, c'est la société, et le méchant ne réclame que le bienfait de l'expiation, le droit imprescriptible d'être civilisé. Encore une fois, les méchants, les scélérats sont des barbares, dans le sens que nous avons fixé à ce mot. Mais, vous le savez, une société vieillie offre des inégalités blessantes ; la misère y est à côté de l'aisance ; l'orgueil et l'abjection s'y touchent, rarement la plainte de l'être souffrant y est entendue, et l'être souffrant étouffe sa plainte inutile : de là toutes les révoltes manifestées ou non manifestées.

Les hommes que les inégalités blessent, dont tant de misères ont empoisonné l'âme, transportez-les ailleurs ; placez-les dans un autre milieu social ; qu'ils ne foulent plus un sol inhospitalier qui ne produit plus que des ronces et des épines : qu'ils aillent respirer l'air natal, c'est-à-dire l'air des institutions primitives, à la condition toutefois que ces institutions seront modifiées par les sentiments et les idées du christianisme. Faites-leur une vie de choix, une vie commune à tous, une vie où tout soit précepte et instruction morale. Les formes sociales dans lesquelles ils se trouvent enveloppés sont usées, sans crédit, sans amour ; et, c'est ce qui arma quelques-uns d'entre eux, les caractères les plus énergiques et les plus forts, ceux qui peut-être eussent été le plus susceptibles du bien ; c'est ce qui les arma contre les lois du pays, contre les sentiments mêmes de la nature. Que le silence et la méditation, qu'une charité compatissante et appropriée à leur caractère leur fasse retrouver leur nature primitive, leur nature susceptible de recevoir l'initiation. Pour eux ce sera sortir de la servitude d'Egypte. Qu'ils oublient jusqu'à leur nom, devenu un nom d'opprobre et de malheur ; qu'ils en viennent à expier leurs fautes, à expier leurs crimes, comme nous expions tous la chute originelle. Ne leur dites pas : « Vous êtes des scélérats » ; car, si vous leur parlez ainsi, malgré leurs chaines ils resteront scélérats par le cœur. Dites-leur bien plutôt : « Une créature intelligente, une créature faite à l'image de Dieu, doit toujours finir par concevoir le bien ». Ne craignez pas de vous mettre à leur niveau, de vous identifier avec eux, car ils sont enfants de Dieu, et Dieu a défendu de maudire Caïn, le premier meurtrier. Savez-vous d'ailleurs la distance réelle qui est entre eux et vous ? Ah ! avant même de revêtir pour eux le doux manteau de la charité, ne craignez pas de ceindre vos reins de la terrible ceinture de la solidarité.

Voici ce qui va irriter toutes les susceptibilités ; et je ne puis m'abstenir cependant de le dire. Le parricide et l'empoisonneur seront traités à l'égal de l'escroc, à l'égal peut-être du contrebandier et du déserteur. Les crimes qui révoltent le plus la nature humaine, et les fautes que l'on serait le plus enclin à pardonner, mangeront le même pain. Oui, il faut bien que ce soit ainsi puisque nous ne faisons plus qu'ajourner le coupable devant la justice de Dieu, la créature devant son Créateur, le vase devant celui qui l'a fait, et qui seul peut le briser. Vous êtes bien obligés de renvoyer à Dieu la récompense des bons, pourquoi ne lui renverriez-vous pas la punition des méchants, ou pour mieux dire, la dispensation d'un genre d'épreuves au-dessus de votre puissance ? Dites-moi les dédommagements que vous offrez à tant de justes qui souffrent pour la cause même de la justice ! Ah ! vous ne pouvez faire autrement que d'en appeler pour eux à une autre vie. Ce que vous devez aux bons, c'est la protection dans le bien : ce que vous devez aux méchants, c'est de leur rendre possible et facile le retour du bien.

Laissez à Dieu la juste rétribution ; ne vous réservez que la charité, puisqu'elle est descendue du ciel pour nous.

Vous qui condamnez à mort pour de certains crimes, vous n'avez pas de punition, même légère, pour des crimes plus grands que ceux qui entrainent la peine capitale. Renoncez donc à ce reste de lois sanguinaires et conséquentes de Dracon, que jamais vous ne sauriez admettre dans toute la rigueur de l'application. Dès lors renoncez à votre justice courte et injuste, à votre justice de hasard et sans véritable équité. Les premiers législateurs qui ont infligé la peine de mort l'avaient admise pour des choses relatives aux mœurs. Dans votre civilisation compliquée, vous ne le pouvez pas. Supprimez donc la peine de mort pour le meurtre, comme vous l'avez supprimée pour des atteintes à la pudeur, pour la profanation du lit conjugal. N'y a-t-il pas en effet des choses plus saintes et plus sacrées que la vie elle-même ? Et qu'y a-t-il de plus terrible qu'un avenir perdu pour l'innocence et la vertu ?

IV

Mais il faut bien que je vous en avertisse, afin que vous connaissiez toute la folie de mon plan ; la ville des Expiations ne sera pas habitée seulement par des coupables, par des individus que, pour me conformer à votre langage, je consens à appeler le rebut de la société. Beaucoup de personnes y viendront, je l'espère, de plein gré, et avec toute leur innocence, du moins selon le monde, prendre le cilice de l'infamie et du crime, se soumettre au baptême douloureux de la pénitence, rétrograder volontairement de la charité à la solidarité. Et ceux-là seront, sans distinction des autres, confondus dans le même régime, dans les mêmes habitudes.

Juste ciel ! vous voulez donc que nous nous assimilions au parricide, à l'incendiaire, au sacrilège ! Oui je le veux, car il y a eu dans de grands coupables des sentiments dont vous vous seriez honorés. Et que savez-vous, puisque vous me forcez de nouveau à le dire, que savez-vous comment vous eussiez agi dans telles ou telles circonstances ? Que savez-vous la conduite que vous eussiez tenue si vous eussiez été élevés de telle ou telle manière ? Que savez-vous la force que vous auriez trouvée en vous, pour résister à telle ou telle épreuve ? Que savez-vous enfin si votre faiblesse seule, si l'heureuse nullité de votre caractère ou le peu d'énergie de vos facultés n'ont pas fait toute votre sûreté, toute votre innocence ? Ne soyez donc pas si fiers de ce que vous avez été ménagés par le souverain dispensateur des destinées humaines. Prenez donc pitié de ceux qui ont succombé à des épreuves dont l'intensité peut-être vous aurait fait succomber vous-mêmes. Ceux-là sont des victimes dévouées par la justice de Dieu pour montrer la faiblesse de tous, pour montrer à tous jusqu'où peut descendre la nature humaine, pour enseigner à quelques-uns toute l'étendue de la charité ; et sans doute il leur sera tenu compte de la violence de l'épreuve, lors même que l'épreuve a excédé leurs forces.

N'espérez pas toutefois que je vous introduise dans le secret des conseils de Dieu, car je n'ai que des conjectures à vous offrir. Mais laissez-moi vous dire : « Et d'ailleurs que sont vos justices à vous, que sont vos innocences ? » Quelques-uns de nos frères auront bu la coupe d'absinthe jusqu'à la lie, et peut-être seront-ils, à cause de cela, initiés avant vous aux grands mystères de la miséricorde divine, pendant que vous aurez encore à vous purifier de votre orgueil, de votre dureté, de votre fastueuse et inexorable justice. J'ai lu dans l'Evangile, et vous l'avez lu aussi, le premier qui a suivi le Christ rédempteur dans les royaumes du ciel, c'est un misérable que nos traditions ont nommé le bon larron. Celui que Jésus Chrit a fait le prince des apôtres avait renié trois fois son maître.

Oui, je suis autorisé à le penser, et je puise ma conviction dans les plus intimes profondeurs du cœur humain ; oui, de grands exemples et des idées fécondes de régénération ne tarderont pas de sortir de notre Ville des Expiations.

V

Je disais tout-à-l'heure, je l'ai dit plus d'une fois, que l'homme le plus dégradé à nos yeux n'a souvent besoin que d'être civilisé.

Voici un grand exemple qui vient d'être donné, une grande expérience qui vient d'être faite. Une partie du peuple français était réduite à une sorte d'état de servitude, au point que plusieurs écrivains se sont crus autorisés à remonter jusqu'au droit de conquête pour expliquer l'origine et l'existence de ces peuples dans le même peuple. Cette partie vouée à une abjection ou à une privation de droits qu'aucune prescription ne pouvait rendre légale, ou enfin à une tutelle au moins devenue sans motif et à laquelle il n'y avait point de borne réelle ; cette partie du peuple, ou plutôt cet autre peuple s'est affranchi peu à peu, s'est graduellement avancé dans les routes de l'émancipation. Tout à coup ce peuple sans régime légal a voulu, irrésistiblement se constituer. La société encore une fois s'est régénérée par la conquête ; mais cette fois le peuple conquérant a été autochtone, est sorti du sol même. Les conquérants ont signalé leur triomphe par les violences ordinaires de la conquête. Ils ont brûlé, saccagé, égorgé ; ils se sont partagé les dépouilles des vaincus ; ils ont dédaigné les sciences et les arts ; puis ils ont courbé la tête sous le joug des idées morales ; puis ils ont voulu, comme cela arrive toujours, prendre les mœurs, les habitudes des vaincus. C'est aux vaincus maintenant à faire leur devoir, car la victoire a été pleine et entière. Il faut qu'ils souffrent l'égalité, c'est-à-dire la justice égale pour tous.

M. de Montlosier a fort bien prouvé que l'invasion de la Société nouvelle n'a pas commencé en 1789. On a beaucoup parlé de la corruption qui a amené la révolution française. Oui, la corruption était dans ce qui formait la nation légale, la nation privilégiée. Pour les autres, c'était autre chose que la corruption. Il y avait donc le peuple barbare et le peuple corrompu. Encore une fois les barbares ont conquis la vieille Sybaris, la monarchie de Louis XIV, devenue celle de Louis XV. Alors deux grands génies avaient paru avec une mission redoutable, Voltaire pour démolir l'ancien ordre de choses, Rousseau pour donner des lois à des barbares sans lois. Nous n'eûmes malheureusement que des missionnaires de fin, nous n'en eûmes point de renouvellement; car il ne fut point donné à Rousseau de connaître la philosophie palingénésique qui gouverne les sociétés humaines. L'énigme de l'homme ne fut devinée ni par les rois, ni par les précepteurs des rois; le phénix fut consumé par un feu tout matériel. Fénelon n'était point là pour charmer les derniers instants, les souffrances suprêmes de l'oiseau cyclique.

Il y avait donc réellement deux peuples en France. L'ancien peuple s'était abâtardi par excès de civilisation. Le nouveau peuple, resté barbare ou dans les liens de la servitude, avait besoin d'être civilisé. On lui a donné des armes avant de le civiliser: voyez ce qui est arrivé. Les révolutionnaires ont voulu égorger le premier, et imposer la civilisation à l'autre, mais une civilisation de livres, le paradoxe du contrat. C'est par la classe moyenne qu'il est permis de croire qu'on pouvait parvenir à l'amélioration sociale; mais il ne fallait pas attendre, il fallait donner des institutions. Aujourd'hui si vous voulez recréer l'aristocratie, c'est-à-dire rendre l'ascendant à l'ancien peuple civilisé, vous faites revenir la révolution. D'ailleurs cet ancien peuple civilisé est resté en arrière des lumières.

Il en est de même dans un autre ordre d'idées. La philosophie du dix-huitième siècle était finie: et ce sont ses ennemis qui l'ont fait revenir de son exil. Ce sont les ennemis de la révolution qui feront revenir la révolution.

Nous avons vu en 1820 qu'on a craint le retour des scènes de 91, de 92 et même de 93. Les esprits pusillanimes font quelquefois plus de mal que les esprits aventureux; la crainte d'un pareil paroxysme était une vraie terreur panique dont on a soigneusement évoqué les tristes fantômes. Ce n'aurait cependant point été l'expérience qui eût pu nous en garantir, car l'expérience n'est rien pour les populations, parce qu'elles agissent toujours instinctivement. Ce n'aurait donc été que le progrès des idées morales, qui eût en effet contenu le peuple, et qui l'aurait contenu suffisamment contre l'attente même de ceux qui venaient lui contester sa victoire; mais qu'on ne s'y trompe pas, le progrès n'est point encore descendu assez avant pour qu'on puisse se rassurer entièrement; et l'on doit toujours redouter d'ébranler les masses. Heureusement le peuple a eu plus de sagesse que ceux qui le provoquaient avec tant d'imprudence; il a senti sa force, et il est rentré dans son repos.

Au reste, une révolution accomplie ne peut ni recommencer ni s'annuler. La terre et la propriété industrielle sont affranchies. La Charte a donné au fait la sanction du droit, et l'indemnité du milliard, la sanction de la justice. C'est l'indemnité du milliard qui consacre l'abolition de la confiscation.

J'ai déjà prévenu que la Ville des Expiations était écrite bien des années avant les événements de Juillet. Je crois devoir laisser toujours subsister la forme évolutive de mes opinions et de mes sentiments.

VI

Nous sommes tous pécheurs, et nous avons tous besoin de pardon. La terre est une vallée de larmes ; et c'est la grande cité de l'Expiation.

Tous les hommes commettent des fautes ; ces fautes comparées à la perfection du Créateur, sont infinies en gravité. Qui donc sait jusqu'à quel point nous sommes coupables ? Qui sait combien nous l'avons été avant la réalisation de notre existence actuelle, avant la division de l'unité, c'est-à-dire dans notre essence même ? Qui appréciera la peine attribuée à notre nature, ou plutôt la durée et l'intensité de notre expiation ?

La Justice de Dieu est lente ; les délais de la justice prouvent le respect de Dieu pour la liberté de l'homme. Si Dieu saisissait toujours le coupable au milieu de son crime, il anéantirait la liberté de l'homme : car alors l'homme, trop certain que la punition suivrait immédiatement la faute, ne pourrait plus concevoir la pensée de prévariquer. Dieu, maître du temps accorde le temps au juste pour qu'il mérite en persévérant, et au coupable pour qu'il acquière le mérite du repentir.

L'homme apprécie mal les fautes d'un autre homme, parce qu'il ne peut pas s'identifier assez avec la conscience d'autrui.

Le véritable juge de l'homme, c'est l'homme lui-même ; encore n'est-ce qu'en s'élevant au-dessus de sa propre situation, en dominant pour ainsi dire ses facultés.

Lorsque la créature paraîtra devant son Créateur, elle sera seule en présence de son juge. Ce sera la créature elle-même qui se jugera, car alors elle sera rendue à toute l'énergie du sentiment moral, à un parfait désintéressement de sa destinée, et elle sera dépouillée de toute espèce d'illusion. Un rayon de l'intelligence suprême illuminera cette créature, et le Créateur ne viendra que pour adoucir par sa miséricorde le jugement de la pauvre créature sur elle-même. Alors commenceront pour elle les jour d'une nouvelle expiation ; mais nous devons nous arrêter sur les limites d'une investigation qui déjà pourrait être nommée téméraire. Qui suis-je pour pénétrer dans la terreur des emblèmes, dans les menaces de la Parole ? Le moment est venu où l'autorité légitime ne peut tarder de s'expliquer.

Le Christianisme est la seule loi morale du genre humain ; ne cherchons point à prévoir tous les développements du Christianisme ; attendons-les avec confiance, ou de la tradition mieux expliquée, ou même d'une manifestation spéciale, si Dieu le juge nécessaire.

Quelquefois c'est un homme qui est prophète au milieu d'un peuple ; quelquefois c'est un peuple tout entier. Moïse a initié un peuple ; le Christianisme a initié le genre humain.

Lorsque le Christianisme parut sur la terre, des sectes religieuses, des sectes philosophiques, firent de grands efforts pour concilier ces sectes avec le Christianisme, ou pour l'adapter à des débris de croyances. Ce fut là l'origine des hérésies. Souvenons-nous qu'avant le concile de Nicée, il y avait beaucoup de diversité dans les formes de l'expression chrétienne. La ligne de l'orthodoxie n'était point aussi inflexible qu'elle l'a été depuis, et surtout qu'elle l'est à présent. Reportons notre pensée, ainsi que j'ai déjà fait entendre, vers les premiers siècles de notre ère : c'est là que nous devons prendre notre point de départ, si nous voulons connaître les traditions générales du genre humain, et y conformer nos opinions.

Quoi qu'il en soit, s'il est une vérité qu'il nous soit permis d'établir, c'est celle-ci : l'homme est fils de lui-même.

VII

La société a le droit de punir les infractions à ses lois, car ses lois sont divines ; mais la société se perfectionne ; et ses lois se perfectionnent aussi. Les lois sont l'expression de la société. Dans ce monde périssable et changeant, il ne peut y avoir rien d'absolu : il n'y a donc ni vérité absolue, ni justice absolue, ni principe absolu. C'est une grande preuve de notre misère que l'absolu conduise droit à l'absurde. Ne soyez donc point étonnés si les lois se perfectionnent, sont susceptibles de s'améliorer, si elles ne contiennent jamais le sentiment d'une pleine et entière confiance, en un mot si elles varient comme la société.

Bossuet me fournirait ici un immense argument pour cette thèse du progrès dans les lois, puisqu'il a cru au progrès dans les dogmes sur lesquels repose toute religion. N'a-t-il pas en effet, affirmé que Dieu avait cru nécessaire dans les lois au Sinaï de céler au peuple Hébreu, à son peuple tiré de la servitude d'Egypte, la connaissance de l'immortalité de l'âme ?

Il n'y a point de vérité absolue, disions nous, point de justice absolue dans ce monde contingent et conditionnel. Ainsi je n'ai pas à me justifier si j'ai quelquefois énoncé des choses contraires les unes aux autres, des choses qui semblent s'exclure. Je nie l'absolu, et cependant je l'admets ; ces deux énonciations peuvent également s'affirmer. Voyez dans l'Orphée le livre des initiations.

Tout en niant la justice absolue, je suis loin des philosophes qui n'ont placé la justice que dans la stipulation de la loi, et qui par conséquent ne font résulter la justice que de la parole prononcée ou écrite. Cette philosophie, appliquée aux lettres et aux arts, tend à dire qu'il n'y a de beau que le convenu. C'est sur cela que repose au fond le système classique, lequel est fini, je ne veux pas dire que nous devions renoncer au génie classique, ni même en restreindre l'emploi : seulement l'inspiration générale n'étant plus là, nous ne saurions plus y trouver qu'une servile imitation.

Pour en revenir à la justice fondée sur la loi, il faut bien admettre qu'il y a dans la loi une raison de justice, mais de justice générale. Alors on parviendrait à concilier l'absolu avec le conditionnel, comme, dans une certaine sphère d'idées, on pourrait concilier la prescience de Dieu avec la liberté de l'homme.

Il en est de même pour la littérature et les arts : tous les principes se tiennent.

Il resterait une belle question à examiner, celle de la justice sociale et de la justice privée, celle de la morale générale et de la morale individuelle. Ce serait la matière d'un très beau livre ; je n'ai en ce moment qu'un mot à dire à ce sujet, c'est que nous devons nous garder de nous diriger par plusieurs morales et plusieurs justices. Toute bonne philosophie doit travailler à les unir, car très certainement elles sont toutes unies dans la pensée de Dieu.

VIII

Je pourrais entasser ici tous les arguments et tous les plus brillants paradoxes contre l'état social. Un tel signe de dissolution et de mort n'a pas manqué dans le siècle dernier. Ne cédons point à cette misanthropie chagrine et orgueilleuse, mais sachons qu'elle existe. Fondons une sorte de Lazaret pour cette grande maladie de l'espèce humaine, et ne nous laissons pas aller à une aussi triste contagion. Elle ne travaille pas toujours les esprits ; elle ne se manifeste avec quelque énergie qu'aux époques de fin et de renouvellement.

La Ville des Expiations est faite pour ajouter à l'intensité du sentiment moral. Là, l'homme séparé de la société commune, dans un monde à part, pour y accomplir une expiation spéciale, soustrait aux contrariétés pénibles ou fastidieuses, déchargé des gênes et des fardeaux, est rendu à toute la plénitude, à tout l'ascendant de sa conscience.

C'est un malheur de mon sujet de m'obliger à répéter souvent les mêmes choses. Je répèterais moins souvent si j'étais certain que la pensée dominante de cet écrit fût toujours présente à l'esprit du lecteur. La vie est une épreuve et une expiation. La Ville des Expiations est instituée pour faire atteindre ce but à ceux qui s'en sont écartés ; mais toujours dans notre ville nouvelle, comme dans le monde, c'est à l'homme à s'expier lui-même.

Des religions anciennes ont cru pouvoir expier par des cérémonies. Le Christianisme n'expie que par le repentir, qu'en faisant l'homme nouveau, par une palingénésie anticipée. Ceux qui sous la loi chrétienne croient encore pouvoir expier par des cérémonies et des pratiques, ceux-là sont restés païens.

Aux initiations anciennes on n'admettait que les hommes qui avaient mené une vie heureuse et honnête. Le christianisme convoque tous les malheureux et tous les coupables à son universelle initiation : il n'exclut aucune misère.

Autre caractère du christianisme. Il reconnait une initiation primitive, une initiation qui précède la faute de chaque individu : c'est l'expiation de la nature humaine par la Rédemption : c'est l'immense charité de Dieu venant réparer le mal introduit par la nécessité de la liberté pour l'être moral.

Souvenez-vous des expiations anciennes, non pour les imiter, mais pour apprendre que la pensée des Expiations repose dans tous les souvenirs du genre humain ; souvenez-vous encore que la pensée si féconde de l'initiation et de l'épreuve, dans une application plus générale, tient à une croyance unanime, celle d'un état de déchéance.

Enfin, si nous avons admis qu'il y a pour tous les hommes et pour le genre humain tout entier, des épreuves successives, des épreuves appropriées aux temps et aux lieux, ne cessons de penser qu'il n'est pas bien de prolonger un système d'épreuves, lorsque ce système est frappé de désuétude, car alors il est réprouvé par la Providence.

IX

En ôtant la vie à l'homme, vous lui ôtez tout ce que vous pouvez. Si Dieu n'était pas miséricordieux, que deviendrait cette pauvre âme que vous jetez pleine d'angoisses devant son Créateur? Et encore ces angoisses ne sont point celles du remords, de l'acceptation de l'expiation ; ce sont celles du supplice, c'est-à-dire de la rage et du désespoir.

N'avez-vous jamais entendu parler d'un homme qui, fasciné par une passion coupable pour un objet indigne, est entraîné d'abord au vol, puis au meurtre, et finit par être condamné à mort? Vous abrégez ses souffrances ici-bas, mais sa dette n'est point acquittée, et vous le livrez déjà. Miséricorde de mon Dieu, soyez plus forte que l'étroite justice de ceux qui ont condamné cet homme, qui lui ont enlevé le jour du repentir, qui ont chassé le remords par les terreurs du supplice. Ils ont fait comme ces créanciers impitoyables qui plongeaient leurs débiteurs dans d'odieux cachots, et les faisaient expirer dans de lentes tortures, au lieu d'alléger pour ces malheureux le fardeau de la dette, de les mettre en état de s'acquitter peu à peu par le travail de leurs mains. C'est la faim, c'est le dénuement, c'est l'amour qu'il porte à sa femme et à ses enfants, qui l'avaient contraint à emprunter : ensuite les exactions du riche heureux avaient creusé l'abîme sans fond.

Il est des coupables qui ne connaissent pas le repentir : il faut le leur enseigner, car l'homme est destiné à tout apprendre. Je m'abstiens de rappeler que trop souvent des innocents ont été condamnés à mort. Justice des hommes, qu'aviez-vous qui vous rendît si hardie à courir de tels risques ? Cet infortuné que vous avez fait mourir avec le grincement du désespoir, et que Dieu a saisi, maudissant avec trop de raison les hommes et les choses les plus saintes qui soient parmi les hommes, maudissant peut être son Créateur ; maudissant son Créateur, car sans doute il ne savait pas encore ce qui lui aurait pu être enseigné plus tard, à savoir que la souffrance est le prix de la vie, et que la vie est le prix de l'immortalité ; cet infortuné que sera-t-il devenu ? Heureusement pour lui et pour vous, Dieu aura fermé l'oreille à de telles malédictions. Dieu n'aura pas livré cette âme aux tourments de l'âme à jamais déchue : car alors il aurait fallu qu'il eût détruit en même temps la société, cause d'un tel malheur.

Que serait-ce donc si j'osais peindre le délire des factions, si je ne m'abstenais pas, pour ménager vos délicatesses, de dérouler à vos yeux le tableau des révolutions, de ces terribles anomalies du monde social, où l'innocent et le coupable reçoivent le même salaire ?

Écoutez ceci. Un meurtre a été commis. Un homme est accusé, convaincu, condamné. Son innocence même, comme il arrive trop souvent, fut un piège où il dut tomber. Il est prouvé ensuite, mais trop tard, que celui que vous avez fait périr n'avait pas commis le crime dont il fut cependant convaincu. L'inévitable est là. Cette voix qui crie, c'est la voix du sang. Cette ombre qui vous poursuit, c'est l'ombre de la victime. L'âme peut-être a pardonné dans le ciel, mais sur la terre l'ombre est implacable, et Dieu n'est point apaisé. Mais voici une chose que vous ne savez pas, que vous saurez seulement lorsque vous serez confronté avec la victime. Cet homme, dans le secret de son cœur, avait désiré la mort de celui qui fut assassiné. Il a accepté sa condamnation injuste, il l'a acceptée à sa dernière heure comme une expiation de son désir cruel. Dieu est absous, s'il est permis de parler ainsi, à l'égard de votre victime ; votre victime elle-même est purifiée ; mais vous, dites-moi quel sort vous réserve la justice de mon Dieu? Apprenez-le néanmoins, je ne veux pas non plus vous livrer au désespoir, Dieu sera plus clément pour vous que vous pour vous-même.

Ce que je viens de vous dire est arrivé souvent, car souvent les présomptions qui s'élèvent contre un homme ne sont pas complètement gratuites. Mais voici un fait particulier, et qui n'est pas du même genre. Il est très vraisemblable qu'il s'en est souvent présenté d'analogue; celui-ci, j'ai lieu de pouvoir l'attester.

Deux hommes avaient commis un assassinat. La victime était un serviteur des pauvres, qui avait consacré sa vie à la direction d'un grand hôpital. Les assassins étaient des employés gagés de cet hôpital, qui trouvaient trop pesant le joug d'une discipline austère. L'un des deux avait été, je ne dis pas entraîné, mais fasciné par l'ascendant de l'autre. Il y a de ces sortes de fascination pour tous les rangs, pour toutes les mesures d'esprit et d'intelligence; et les hommes dont je parle étaient des êtres tort inférieurs, sous le rapport des facultés comme sous le rapport de la condition. Le singulier ascendant de l'un des deux sur l'autre continua de subsister dans la prison, devant les juges, au pied de l'échafaud. Le premier avait conservé son imperturbable sang-froid; il était fier, railleur, plein de dédain pour la vie et de mépris pour sa destinée future. Le second était timide, désolé, rempli de bons sentiments; le repentir avait en lui les formes les plus douces et les plus touchantes; et, au milieu de ses angoisses, la voix ou le geste, ou le simple regard de son terrible compagnon le faisaient encore frémir, avaient encore la puissance de l'émouvoir, lui dictaient encore ses paroles. Il avait eu recours à la religion, il y avait eu recours avec crainte, car l'autre le lui avait défendu: il avait eu besoin de rassembler toutes ses forces pour procurer quelque repos à son âme. Arrivé au lieu du supplice, l'homme supérieur, le maître dans le crime, dit à l'homme vulgaire, à son jeune disciple: « C'est moi cependant qui t'ai conduit ici! C'est moi qui ai armé ton bras, qui l'ai dirigé! Eh bien! m'en veux-tu? » L'infortuné fondait en larmes. « Prends courage, mon ami, reprend le maître, et viens m'embrasser avant de mourir. » Le disciple se jette dans les bras de l'ignoble Mahomet, puis reçoit la dernière réconciliation religieuse que son odieux compagnon repousse jusqu'à la fin.

Conduisez ces deux hommes dans la Ville des Expiations : vous ne savez ce que pourra devenir le premier ; mais comment ne pas prévoir ce que deviendra le second ?

Ecoutez encore ceci. Il était un homme que les inégalités sociales blessaient. Il ne se sentait pas au niveau de sa condition ; sa vie était une amertume continuelle. Il se fait brigand, ne sachant pas faire des livres contre la société.

Pourquoi notre Ville des Expiations n'a-t-elle pas été fondée plus tôt. Celui-là et beaucoup d'autres encore auraient pu aller y chercher un asile.

Mais la ville des Expiations n'est pas seulement le symbole de la nécessité imposée à toutes les formes sociales de tous les temps et de tous les lieux, de faire recommencer l'initiation de l'humanité aux hommes restés en arrière de ces formes : elle est aussi le symbole de la nécessité non moins évidente de venir au secours de ceux pour qui la vie actuelle, indépendamment même des formes sociales successives, est un exil trop pénible et trop rigoureux.

En un mot, sous la loi Evangélique de l'égalité, il faut à la fois suppléer à la délimitation des classes, et aux divers époptismes, par lesquels on tempéra, sous l'empire des castes, l'impatience des esprits troublés par la forte préoccupation de nos destinées définitives.

FIN DU LIVRE TROISIÈME

La Ville des Expiations

LIVRE QUATRIÈME

I

On parle souvent de l'insalubrité des prisons, mais l'insalubrité de certaines habitations dans les villes et même dans les campagnes mériterait bien que l'on pût aussi prendre des mesures. Qu'il nous suffise de nous occuper de la Ville des Expiations. Elle est toute à créer ; il ne s'agit ni de rectifier des alignements, ni de faire disparaître, à grands frais, de vieilles constructions, ni de concilier des intérêts publics avec des intérêts privés, ni de consulter des raisons de localité, d'industrie, de commerce, de relation sociale quelconque.

Choisissez donc, puisque vous le pouvez, choisissez un lieu entouré de beaux sites, avec un air salubre ; qu'une belle rivière coule au milieu ; que les collines dont elle sera couronnée soient couvertes de quelques vastes monastères, pour rétablir, du moins dans un coin de l'Europe, les pieuses contemplations de la vie cénobitique, les paisibles et utiles travaux de Port-Royal et de Saint-Benoît ; que là des maîtres de doctrines spirituelles, des maîtres de lettres humaines, viennent, comme dans les anciens jours du

Christianisme, se confiner sur les limites des deux mondes, et y fondent une philosophie toute divine.

Ce serait la contrée de la vie sérieuse. La Ville des Expiations deviendra peut-être un jour une Thébaïde nouvelle d'où sortiront des exemples pour le monde.

J'ai déjà dit que nous n'exclurions pas les innocents qui voudraient se perfectionner par une expiation libre et de son choix. Un coupable qui n'aura pas été atteint par les ministres des lois, qui aura échappé à toutes les recherches et à tous les soupçons, pourra aussi se présenter lui-même à l'expiation de son crime, afin de ne pas laisser la justice indécise. Là il subira, comme nous l'avons appris, le baptême douloureux de la pénitence.

Le sort de tous étant pareil, les habits, la nourriture étant les mêmes, la règle pesant sur tous également, il n'y aura ni haine ni jalousie ; ce sera d'abord une Sparte nouvelle, et ensuite un nouveau Paraguay. Fénelon verrait une Salente chrétienne. Les hommes qui auraient été l'opprobre de la nature humaine en seront la gloire, par eux, ou par leurs enfants, ce qui est encore eux.

La puissance romaine a longtemps passé pour être sortie d'un repaire de brigands, et ce sont les peuples rassemblés sous l'unité de la domination romaine qui ont accueilli le Christianisme.

Cyrus fut nommé le Christ de Dieu, Attila se disait le fléau de Dieu ; des hommes sont destinés à éprouver les autres hommes, et à être éprouvés eux-mêmes par l'acte de l'épreuve qu'ils font subir : Dieu l'a voulu ainsi.

C'est par de bons traitements, par des paroles compatissantes, que vous ferez pénétrer dans l'âme du coupable le remords qui doit racheter son crime.

Ne dédaignez pas de soigner son existence physique, d'éloigner de ses yeux les objets qui peuvent lui offrir de fâcheux aspects ; c'est ainsi que vous ferez disparaître de sa pensée les souvenirs qui la blessent.

Je ne sais si je m'abuse, mais il me semble que notre ville régénérera le monde, en régénérant les sociétés humaines usées par les excès de la civilisation ; elle remplacera ces inondations de barbares que la Providence jadis tenait en réserve et dont la source est tarie.

Platon excluait de sa ville hypothétique les poëtes et les baladins ; je n'exclus de la mienne que les poëtes des empires dégénérés. Les poëtes primitifs y seront en grand honneur ; mais toute cette littérature d'une société exquise ou mouvante ne peut convenir ; il nous faut Homère, Eschyle, Dante, Shakespeare, Corneille. Voltaire est ce qu'il y a de plus opposé à nos institutions futures ; le frondeur et le railleur ne peuvent se supporter dans une ville où il s'agit de régénération. Qu'aurions-nous besoin d'embellir l'existence, ou de discréditer dos opinions qui ne seraient pas là, dont nous n'aurions rien à craindre, de frapper de ridicule de pauvres vices que nous ne soupçonnerions même pas ? Je l'ai déjà dit, nous habitons la contrée de la vie sérieuse. Les villes anciennes avaient deux noms, l'un mystique, qui se rapportait à son origine religieuse, et l'autre civil. La Ville des Expiations n'aura qu'un nom, celui qui établit son origine mystique et régénératrice. Mais les peuples, qui ont reçu le pouvoir de donner un nom, les peuples la nommeront la Ville Sainte.

II

Mais pourquoi continuerais-je de parler sous la forme gênée du futur conditionnel ? Allons plus directement à notre but. Réalisons notre rêve, si toutefois c'est un rêve, et parlons-en, non plus comme d'un projet, mais comme d'un établissement formé depuis un certain nombre d'années. Nous avons tiré l'abstrait du concret du passé ; donnons la forme plastique à l'abstrait de l'avenir.

Ecoutons dans un recueillemeht religieux la voix puissante de cette prévoyance instinctive qui fait les vrais poètes et les prophètes.

Je me permets donc de devancer les temps ; j'arrive à l'instant où la noble renommée de la Ville des Expiations est déjà répandue au loin. Des souverains étrangers envoient à l'envi, dans la France, restée la reine des nations, l'institutrice des peuples, afin d'y visiter la ville nouvelle, d'y étudier les merveilles de son administration, les lois particulières qui la régissent. Je suis un de ces envoyés, un de ces paisibles explorateurs, et je raconte ce que j'ai vu.

Et d'abord je m'informe sur la route, à mesure que j'approche, avec quel argent a pu être acheté tout le terrain nécessaire, avec quel argent a été payée la quantité immense d'ouvriers qui ont dû être employés à cette masse de constructions. Je me rappelle tout ce qu'on a fait, dans les temps anciens, avec une population d'esclaves, tout ce que les Romains ont exécuté de travaux éternels avec leurs légions, tout ce que les souverains ponti[illegible] ont créé de prodiges par le simple appel à la croyance [illegible]les. « Avez-vous disposé des trésors de l'Europe [illegible] demandé. Avez-vous tenu le bâton haut sur de malheureux Ilotes, sur des serfs soumis de nouveau à la corvée ? » « Non, « nous n'avons pas eu besoin de tant de choses. Notre « terre n'a point bu à regret les sueurs et les larmes « des hommes. Nous avons été les premiers à affranchir « l'industrie étrangère de tout tribut ; en un mot, nous « avons été les premiers à abolir pour nous et pour les « autres le système prohibitif, et l'industrie émancipée a « fait volontairement toutes nos ressources. Au reste, nous « n'avons point amené à grands frais des obélisques de « l'Egypte. Nulle dépense extravagante n'a été faite. « Les travaux que nous avons exécutés sont loin d'égaler « ce qu'il a fallu pour la grande Pyramide, ou le creusement « du lac Moeris, sont loin même d'égaler ou Saint-Pierre « de Rome, ou la création de Versailles. Et tout l'argent « qui a été employé avec la plus stricte vigilance ne s'élève « pas au quart du capital que nous avaient coûté deux « invasions, capital qui fut cependant acquitté en moins de « cinq années, joint à celui qui fut la rançon de l'émi-« gration. Quoi qu'il en soit, la ville existe, et l'état épar-« gne à présent sur l'administration des prisons et des ba-« gnes jadis si coûteuse quoique si mauvaise, l'état épar-« gne bien au-delà du revenu de son capital primitif.

« Voilà, m'a-t-on dit, pour vous rassurer, puisque vous « voulez absolument introduire une question de finance ou « d'économie politique dans la sainte cause de l'humanité ».

III

J'entre dans la ville. Le fisc n'a point établi ses avides sentinelles sur les limites du territoire de toutes les immunités ; mais je suis obligé de montrer mes lettres de créance, parce que nul ne peut pénétrer dans la ville, sans avoir été soumis à un examen. Lorsque je me suis prouvé moi-même, un pont s'est abaissé devant moi, et j'ai passé sous un grand arceau qui a retenti du bruit de mes pas. Une herse en fer, qui s'était élevée lourdement, est retombée de la voûte de l'arceau lorsque j'ai eu passé. Le premier bâtiment qui s'est offert à ma vue est une vaste hôtellerie, la seule qui soit dans la ville ; j'y suis reçu d'une manière qui rappelle l'hospitalité antique. Je m'aperçois bientôt qu'aucune des choses utiles ou agréables au voyageur n'y a été oubliée. Les appartements y sont d'une grande recherche de propreté. La vue s'étend au loin dans une très belle exposition, mais elle est absolument fermée du côté de l'intérieur de la ville. On est assujetti à ne pouvoir pas sortir de l'auberge sans un guide qui est un homme approuvé et payé par l'autorité. Un immense jardin potager entoure les bâtiments de cette magnifique hôtellerie et de la basse-cour qui en dépend, et qui est fort considérable.

J'habite la ville haute ; voici comment est organisée cette partie de la Ville des Expiations.

Le chef suprême, avec le titre de dictateur, ne rend compte qu'au roi de sa gestion ; ses ordres sont des lois, sous sa seule responsabilité. Nous verrons bientôt qu'il y a des moyens d'arriver à atteindre cette responsabilité, et que l'arbitraire ne peut subsister au milieu même de ces derniers vestiges, ou plutôt en présence de cette image du pouvoir absolu. Le palais du dictateur ressemble à un cube gigantesque de granit. On y arrive par une avenue de plantes. Devant est une vaste cour fermée par une grille en fer, d'un travail admirable. Derrière le palais est un jardin peu étendu.

La justice est rendue par une haute Cour, qui prononce sans appel, selon des formes spéciales, sur tous les genres de délit, et dont la juridiction unique embrasse tous les individus, soit de la ville haute, soit de la ville basse. Les membres de cette Cour sont institués par le roi, sur la présentation des Chambres ; ils ne sont révocables que dans les cas prévus par les lois. La Cour est nombreuse, et se divise en cinq tribunaux, non selon le genre des délits, mais selon le genre des personnes à qui le délit est imputé ; car ici, comme dans les institutions primitives, nous faisons acception des personnes : tribunal des néophytes, des colons, des surveillants, des militaires, des savants. La Cour se réunit toutes les années, à une époque fixe, en session parlementaire, pour exercer la portion de fonctions législatives qui lui est attribuée par les lois, et pour proposer des mesures d'amélioration. Elle est aussi consultée soit sur les points difficiles de jurisprudence, soit sur le bien ou mal jugé des autres Cours et tribunaux du royaume, lorsque la Cour de Cassation a, t[illegible] en approuvant la forme, aperçu que le fond mérite un nouvel examen. Dans ces cas. qui sont toujours rares, la Cour suprême de la ville des Expiations s'assemble hors le temps des sessions. Elle connaît également des crimes de haute trahison, et des complots contre la sûreté de l'Etat lorsqu'aucun pair n'y est impliqué ; car alors c'est à la Cour des Pairs à instruire l'affaire et à la juger.

Le palais de la haute Cour est tout entier éclairé par le toit. Ses murailles élevées ne sont percées par aucune fenêtre. La seule porte par où on entre est basse et étroite. De fortes prisons sont adossées à ce palais, et ne reçoivent également le jour que par le toit. On ne pénètre dans l'intérieur des prisons que par le palais même de la Cour. Ces prisons, dont le séjour ne peut être que fort temporaire, et dont l'usage sera expliqué, sont un logement commode et sain.

Il y a un collège de frères de la doctrine chrétienne, un collège de médecins et de chirurgiens, de vastes infirmeries, un séminaire pour l'éducation ecclésiastique, une école normale de toutes les sortes d'agents nécessaires à la tenue et à la surveillance des prisons établies dans le reste du royaume. Il y a aussi une école normale pour les divers employés des hôpitaux, et des dispensaires adaptés aux divers modes de distribution des secours, enfin pour les dépôts de mendicité et pour les ateliers qui entrent dans la composition de toutes les institutions de charité. Tous les bâtiments qu'exigent les établissements que je viens d'énumérer se trouvent dans la ville haute; ils ont des jardins assez spacieux pour les récréations.

La Ville des Expiations est une ville de garnison et d'instruction militaire. En conséquence,dans la ville haute sont les casernes suffisantes pour contenir trois mille hommes d'infanterie et mille hommes de cavalerie, avec tous les développements, un arsenal, des manèges, une place d'armes très étendue. Les soldats ne peuvent sortir de leurs quartiers que pour leur service, ou par permission. Ils sont soumis d'ailleurs à la discipline générale.

Les boutiques, les ateliers, les manufactures, tout ce qui tient au commerce est enfermé dans un enclos, afin d'éloigner le bruit et le mouvement de la région du repos et du silence. Cet enclos se ferme à la première heure de la nuit, et ne s'ouvre qu'au jour. Avant de fermer la porte de l'enclos, on s'assure que tous les habitants y sont rentrés. L'enclos des professions mécaniques et industrielles se nomme la cité, et forme une paroisse. Il y a dans l'intérieur un curé, un médecin, un corps de garde, un juge de paix. Le portier ne peut ouvrir durant la nuit, si ce n'est par ordre du gouverneur. Au milieu de la cité est une fort belle place publique, plantée d'arbres. D'un côté de la place est la chapelle avec le petit presbytère ; de l'autre est le logement du juge de paix et du médecin. C'est le juge de paix qui constate l'état civil.

Les autres fonctionnaires qui habitent la ville haute sont le chef d'armes, le chef de justice, le promoteur des grâces, l'infirmier général, le maître des surveillants, l'inspecteur des travaux publics, l'avocat général des opprimés, le défenseur de la loi, le maître des rigueurs, l'intercesseur des pardons.

Ces divers fonctionnaires sont logés commodément, dans une sorte de monastère, près de la Cour de justice. Le bâtiment est entre un préau et un jardin. Je n'ai pas besoin de faire connaître l'emploi de chacun : le nom par lequel on les désigne indique assez la nature de leurs fonctions. Je ne m'arrêterai point sur le costume qui les distingue aux yeux, et qu'ils sont tenus de porter toujours.

Le fisc n'a point de préposés, car, ainsi que je l'ai déjà dit, la Ville des Expiations est affranchie tout entière de toute espèce d'impôts.

IV

La ville basse est consacrée d'une manière absolue aux néophytes de toutes les classes, qui tous sont censés être venus pour se soumettre à l'expiation volontaire.

Cette partie de la ville est composée de soixante enclos, qui forment autant de hameaux, nommés régions. L'ensemble de ces enclos se nomme le désert.

Chaque hameau contient soixante petites maisons qui ont la forme d'une tente ; chacune de ces maisons ou tentes est destinée à une seule personne. Les petites maisons sont toutes isolées les unes des autres, bâties en pisé, et ne forment qu'une seule chambre, bien enduite en dedans, et peinte de manière à présenter en effet l'aspect d'une tente. Il n'y a pour mobilier qu'un lit, une table, une chaise, une lampe, une horloge en bois, un livre, *le manuel du chrétien*. Derrière la maison est un petit cabinet, éclairé par le haut, et dont l'air est changé par des meurtrières au niveau du sol. Le sol de la chambre est élevé de trois marches, et assaini par un plancher en bois de sapin, lequel est renouvelé tous les cinq ans. La porte de la chambre est garnie de verrous qui se ferment de dehors. Un guichet grillé de six pouces en carré, est pratiqué dans la porte, de manière à recevoir pour la nuit une lampe qui éclaire dedans et dehors. Le néophyte peut se servir de ce guichet pour communiquer extérieurement, en cas de besoin. Deux petites fenêtres, placées de chaque côté de la porte, sont garanties par des barreaux de fer. Trois des côtés du hameau sont occupés par vingt de ces petites maisons ou tentes. Le quatrième côté est occupé par la maison du surveillant, par le réfectoire propre à recevoir soixante néophytes, un surveillant et neuf soldats. Aux deux angles, qui laissent un espace libre, sont deux corps de garde, chacun de quatre soldats ; et ces postes peuvent être facilement doublés en cas de besoin. Le neuvième soldat est placé dans la maison du surveillant.

L'espace libre du milieu est planté d'arbres fruitiers, avec une fontaine au centre.

Le hameau est entouré d'une forte muraille, garnie d'espaliers ; elle est fermée par une seule porte.

Entre la muraille et les maisons est un espace libre qui permet aux patrouilles de faire le tour du hameau en dedans.

Chaque jour le surveillant, seul fonctionnaire immédiat, est tenu de faire, avec un soldat, la visite de toutes les maisons ou tentes, pour veiller à ce qu'aucune dégradation n'y soit faite à l'intérieur.

Cinq hameaux de soixante habitations forment une paroisse ; dix forment une justice de paix ; vingt forment une sous-préfecture. L'ensemble des soixante hameaux forment une préfecture. Les hameaux qui forment soit une paroisse, soit une justice de paix, soit une sous-préfecture, ne sont point contigus les uns aux autres ; ils sont tirés au sort toutes les semaines. Ainsi les hameaux d'une même paroisse, d'une même justice de paix, d'une même sous-préfecture, sont plus ou moins dispersés, selon les chances du sort, sur toute la surface du désert, et changent toutes les semaines de rapports d'administration. Toutes les semaines encore les néophytes tirent au sort, d'abord le hameau qu'ils doivent habiter, ensuite la maison même du hameau où ils ne doivent passer qu'une semaine. On ne réunit dans chaque hameau que les individus du même sexe, et à peu près du même âge ; et, dans les mouvements dont il vient d'être question, toujours on a soin de conserver les mêmes rapports de sexe et d'âge. Il y a dans tous ces changements des secrets connus de l'Administration seule.

La Ville des Expiations doit être une image vive de la loi monotone et triste des vicissitudes humaines, de la loi imployable des nécessités sociales ; on doit y attaquer de front toutes les habitudes, même les plus innocentes ; il faut que tout y avertisse incessamment que rien n'est stable, et que la vie de l'homme est un voyage dans une terre d'exil. Ces hameaux qui tous se ressemblent, cette tente toujours changée et toujours semblable à celle que l'on vient de quitter, ces meubles qui sont les mêmes dans toutes les maisons, néanmoins s'identifieraient à la longue avec l'individu qui en jouirait quelque temps : il faut éviter jusqu'à cette misérable attache. Nous découvrirons bientôt une autre raison pour ces perpétuelles mutations.

Poursuivons.

Les curés, les juges de paix, les sous-préfets, le préfet ne correspondent point entre eux. Ils ont les uns et les autres la correspondance directe avec les surveillants et le dictateur.

Entre la ville basse et la ville haute est un espace où sont douze chapelles pouvant contenir chacune cent néophytes et autant de soldats. Les néophytes ont des bancs, les soldats sont sous les armes. Tous les jours il y a une messe basse dans chaque chapelle ; tous les dimanches deux messes basses et une grand'messe. Ainsi le dimanche seulement tous les néophytes peuvent assister à la messe.

Il y a en outre, dans l'espace qui vient d'être désigné, douze presbytères pour trois prêtres chacun, six maisons pour les six juges de paix, trois hôtels de sous-préfectures, et un hôtel de préfecture.

Les intervalles libres entre les diverses habitations sont occupés par des jardins et des groupes d'arbres fruitiers. Enfin il y a une métairie assez vaste pour la distribution du laitage et des fruits.

Tout devant être symbole et instruction dans la Ville des Expiations, les noms donnés aux diverses divisions de territoire, aux diverses circonscriptions des juridictions, sont des noms significatifs :

1° *Noms des soixante hameaux.* — Puissance de Dieu ; Bonté de Dieu ; Providence de Dieu ; Clémence de Dieu ; Réparation de la nature humaine ; Repentir, seconde innocence ; Expiation par le malheur non mérité ; Expiation par le malheur mérité ; Expiation par la souffrance physique ; Expiation par la souffrance morale ; Expiation par l'opprobre ; Sacrifice ; Réconciliation ; Soumission à la volonté de Dieu ; Abnégation de soi ; Accession à la Providence ; Bénédiction pour le pauvre ; Bénédiction pour l'affligé ; Providence créatrice ; Providence conservatrice ; L'homme créé à l'image de Dieu ; L'homme déchu ; L'homme condamné au travail ; L'homme condamné à la souffrance ; L'homme condamné à la mort ; L'homme régénéré ; L'homme racheté ; L'homme promis au ciel ; L'amour plus fort que le malheur ; L'amour plus fort que l'opprobre ; L'amour plus fort que la mort ; Charité chrétienne ; Vertus obscures ; Dévouements secrets ; Tribulations du juste ; Remords du coupable ; Vie et expiation, une même chose ; L'homme plein de force ; L'homme plein d'infirmités ; L'homme ombre qui passe ; L'homme dont les destinées sont éternelles ; L'homme ver de terre ; L'homme semblable à un Dieu ; L'homme intelligence finie ; L'homme intelligence sans bornes ; L'homme dont les désirs sont trop vastes ; L'homme dont les espérances sont immortelles ; La femme enfante avec douleur ; L'enfant naît dans les larmes ; L'Evangile, loi morale du genre humain ; Larmes de la pénitence ; Par Jésus-Christ tous les hommes sont frères ; La liberté morale, seule liberté de l'homme ; L'homme dans le temps ; L'homme hors du temps ; Nécessité du bien ; Contingence du mal ; Le mal destiné à finir ; Le bien absolu ; Le mal accidentel.

2° *Noms des douze paroisses de la Ville basse.* — Le bon Pasteur ; Le disciple bien aimé ; Pénitence du prince des apôtres ; Saint Paul éclairé d'en haut ; Saint-Jean-de-Dieu ; Saint Lazare ; Saint-Vincent-de-Paul ; Saint Martin ; Sainte Elisabeth, reine ; Sainte Marthe ; Les martyrs de la foi ; Les martyrs de la charité.

3° *Noms des six justices de paix.* — Providence qui veille à chacun des cheveux de notre tête ; Providence qui nourrit les petits oiseaux ; Providence qui s'occupe de la parure des lys ; Providence qui trace les orbites des planètes ;

Providence qui régit les sociétés humaines ; Providence qui se joue dans les ouvrages de la création.

4° *Noms des trois sous-préfectures.* — Pensée divine ; Pensée humaine ; Lois du langage.

5° *Noms de la préfecture.* — Soleil qui luit sur les bons et les méchants.

6° *Noms de la paroisse de la Ville haute.* — L'Apôtre des Nations.

7° *Noms de la justice de Paix de la Ville haute.* — Le Commerce civilisateur.

Dans tous les détails que je viens de retracer, on n'aperçoit qu'une sorte de manifestation religieuse. Je dois prévenir que néanmoins l'exercice des cultes protestants n'est point exclu de la Ville des Expiations. Trois pasteurs ont dans la ville haute un logement convenable et un jardin. Ils entretiennent avec les néophytes de leur religion toutes les communications qu'ils peuvent désirer. Ils sont toujours instruits des lieux où ces néophytes sont portés par les mouvements de chaque semaine. Un temple également dans la ville haute leur est destiné.

Les différents fonctionnaires assistent alternativement aux offices dans toutes les chapelles, ou dans le temple protestant, lorsqu'ils appartiennent à cette communion.

V

Avant toutes choses, il est impossible de ne pas être frappé de la salubrité qui fait en quelque sorte la physionomie de la Ville des Expiations. Nous verrons, à mesure que l'occasion s'en présentera, toutes les recherches de propreté, d'hygiène publique et domestique auxquelles on n'a pas craint de se livrer. Les plus petits détails n'ont point rebuté la patience et la longanimité des fondateurs. Contentons-nous à présent de remarquer l'aspect général. Rappelez-vous, si vous le pouvez, le tableau dégoûtant de certains ménages et de certaines habitations dans les autres villes. Souvenez-vous de leurs prisons et de leurs hôpitaux, heureusement destinés à disparaître par l'amélioration successive de la société. Comparez encore les banlieues des autres villes avec la banlieue de notre cité mystique. Ailleurs tous nos sens sont à chaque instant affectés désagréablement, et nos regards sont même douloureusement repoussés par les plus tristes tableaux. Ici on n'éprouve rien de semblable. On conçoit enfin comment des créatures humaines peuvent vivre et se développer ; comment, respirant à l'aise un air libre, abondant et sain, elles peuvent s'améliorer, se perfectionner; comment, sorties des espèces de cloaques où elles furent ensevelies, ces créatures humaines peuvent cesser de mener une vie tristement végétative et marcher au moins quelques pas dans une vie intellectuelle et morale. Ainsi la Ville des Expiations sera encore une ville normale, sous le rapport extérieur.

Ajoutons ceci. Le peuple de notre ville ne se confond avec les autres peuples par aucune espèce de relation, ni de commerce, ni d'administration, La chronologie même l'isole, car on n'y date que de l'ère de la fondation de la ville. Cette ère en effet est considérée comme celle d'un nouveau développement du Christianisme.

Ainsi jamais dans la Ville Sainte il n'est question des événements politiques qui bouleversent à leur gré le monde. La guerre n'y est connue que comme un fléau qui afflige les hommes, et la paix comme un bienfait du ciel ; on n'en calcule jamais ni les chances ni les résultats politiques. Les orages qui troublent les sociétés humaines, les orages des passions, les orages du gouvernement représentatif s'arrêtent en tumulte autour des murs paisibles qui entourent la Ville des Expiations.

VI

Lorsqu'un homme est envoyé par jugement à la Ville des Expiations, et qu'il y arrive, on pratique à son égard quelque chose de l'initiation antique. Il est introduit avec un vêtement noir dans une salle où il est chargé de fers. De là, il est immédiatement conduit devant les juges assemblés, qui commencent par lui faire ôter ses fers. Le néophyte s'assied sur un siège. Le premier juge, c'est-à-dire le plus ancien d'âge, descend de son estrade et va s'asseoir sur un autre siège vis-à-vis et tout près du néophyte. Là il prononce à haute voix l'acte qui contient l'énumération et les détails des crimes pour lesquels le coupable a été condamné à subir l'expiation. L'arrêt de mort, si c'est la peine capitale qu'il a encourue, se réduit à trente jours de gêne ; c'est pour lui la mort civile. La prison où il est ramené se nomme le tombeau. Dès ce moment, sa vie antérieure est abolie; son nom périt, et il reste trente jours sans nom. Les repas qu'il prend dans le tombeau s'appellent les repas funèbres. Chaque jour il est visité alternativement par un prêtre, par un juge, par les surveillants. Nul fer ne pèse sur ses mains. On lui explique les dogmes sévères et consolants du Christianisme, qui a aboli l'expiation par le sang. On lui explique aussi que la mort subsiste toujours comme punition du péché, et que la réintégration parfaite de la créature humaine ne peut avoir lieu que dans une existence suivante. On lui explique enfin que cette mort apparente à laquelle il a été condamné est une image de la mort réelle qu'il a encourue, et qui est infligée à la fin à tous les hommes ; et que la seconde vie qui va lui être rendue est une image encore de la nouvelle existen promise à tous les hommes. On l'exhorte aussi à donner un assentiment complet à son expiation, afin qu'il puisse arriver certainement à sa parfaite réintégration.

Au bout de trente jours, un juge et un surveillant entrent ensemble dans la prison ; le juge instruit le néophyte de ce qu'il a à faire ; le surveillant le conduit à un bain et le fait laver. Ensuite il le revêt d'un vêtement blanc. Puis il lui met au bras gauche un bracelet scellé par le juge. Sous le sceau du bracelet sont inscrits le nom que le néophyte portait dans le monde, et les qualités qui servirent à le désigner,avec la date du jour où il est arrivé dans la Ville des Expiations.

Dès ce moment commence pour lui une nouvelle vie, et en cet état il paraît devant les juges assemblés.

Le premier juge lui demande ce qu'il veut. « Un nouveau « nom, dit-il, un nom que je puisse désormais honorer ». Un des juges lui impose un nom, et se dit solidaire Le juge qui accomplit cet acte se déclare par là le Christ particulier de cet homme. Le nouveau nom est inscrit, à l'instant même, sur les registres de l'état civil. On assigne également au néophyte son âge, puisque ses années antérieures ne comptent plus.

On l'interroge sur la profession à laquelle il peut être propre ; puis on lui assigne le hameau qu'il doit d'abord habiter dans la ville basse. Il lui est recommandé de garder le silence sur la cause qui l'a amené dans la Ville des Expiations, puisque le passé est aboli, puisque, pour parler le langage de l'ancienne initiation, il a bu les eaux du Léthé : et ce secret il doit le garder à l'égard de ceux sous la dépendance de qui il doit être ; enfin, s'il est permis de s'exprimer ainsi, il doit le garder avec lui-même, ne songer qu'à l'homme nouveau.

Des peines graves sont attachées à la violation du secret, lequel doit rester enfermé dans le bracelet destiné à conserver et à justifier l'identité, lorsque cela deviendra nécessaire. Il faut bien que l'individualité, la conscience du moi survive à la mort et se reproduise dans la vie future. Ce n'est pas un autre être, ce n'est pas une autre créature intelligente et morale qui subit une autre épreuve. Dans la Ville des Expiations, toutefois, on professe la doctrine que la mémoire ne constitue point l'identité.

Je rendrai compte des peines attachées à la violation du secret, dans le lieu où il sera question de peines : mais il est bon de dire, dès à présent qu'il n'y a point de peine corporelle.

Chaque néophyte a son compte ouvert sur un grand livre tenu sous les yeux du dictateur. C'est un compte moral et clinique rédigé d'après les notes qui lui sont transmises ; il est arrêté toutes les semaines. Nous verrons bientôt l'utilité de ce grand livre, heureux souvenir, ou plutôt image imparfaite de cette tradition religieuse par laquelle il est dit que les actions et les pensées de tous les hommes sont inscrites sur le livre de vie.

Les biens des néophytes sont administrés dans leur pays, par une tutèle publique, durant trois ans. Ce terme peut être prorogé, d'après des renseignements pris sur la conduite du néophyte dans la Ville des Expiations. Au bout de neuf ans accomplis, la mort civile est définitivement prononcée, et les biens acquis aux héritiers naturels. Les revenus des biens, administrés gratuitement, sont distribués chaque année, tout le temps que dure la tutèle, à ceux qui seraient héritiers en cas de mort.

Il y a des hommes qui viennent se réfugier volontairement dans la Ville des Expiations, soit pour cause de duel, soit pour faire pénitence, ou se soustraire à quelqu'ennui, ou aux déplaisirs du monde, soit pour expier une fortune mal acquise, soit enfin à cause de revers de fortune qui les mettent hors d'état de satisfaire à des engagements contractés. Je n'entrerai point dans le détail des formalités qu'il faut remplir, et des précautions qui sont prises, pour que le droit d'asile accordé à la Ville des Expiations ne soit pas un vain droit, en même temps pour qu'il ne soit pas possible d'en abuser. Qu'il me suffise de faire remarquer seulement combien, dans le train ordinaire des choses humaines, il y a des torts irréparables, et combien alors il est nécessaire de venir au secours du malheureux sur qui pèse la terrible pensée du tort irréparable. Les intentions les plus honnêtes et les plus pures ne peuvent pas mettre toujours à l'abri d'un concours de circonstances fatales et imprévues. Ceux donc qui se sont présentés d'eux-mêmes, coupables ou non, ou coupables à des degrés différents, sont soumis à la même règle que les autres ; ils subissent les épreuves du jugement ; ils se dépouillent de leur nom pour prendre un nom nouveau. Lorsque les temps d'épreuves sont finis, et qu'ils peuvent sortir, ils subissent un autre jugement qui les rend au monde. Ils ont, comme tous, leur compte ouvert sur le livre de vie.

On ignore dans la ville quels sont ceux qui furent coupables et ceux qui ne le furent pas ; car les innocents et les néophytes volontaires sont tenus au même secret que les autres. L'histoire de Saint Vincent de Paul ne signale-t-elle pas ce héros de l'humanité pour avoir été chargé des fers d'un forçat ! N'y a-t-il pas un autre fait également attesté, qui a été reproduit sur la scène ? D'ailleurs quel mal y aurait-il à ce que tous se crussent seuls coupables ? D'ailleurs encore pourquoi quelques-uns ne prendraient-ils pas volontairement le fardeau de la solidarité ? Enfin la charité est le remède définitif des misères humaines. Je vais plus loin. Il faudrait que les coupables fussent assez modifiés pour croire à leur propre innocence.

VII

Lorsqu'un nouvel habitant de la ville basse est admis, il est annoncé à toute la colonie par son nouveau nom ; l'autre reste inconnu. On dit : « Un tel vient ici pour re-
« cevoir le bienfait de l'expiation. C'est un frère que
« vous devez accueillir. Mes frères, que notre exemple
« d'abord lui soit utile, en attendant que nous puissions
« profiter de celui qu'il nous donnera ».

On procède ensuite à l'admission de l'étranger dans le sein de ses nouveaux frères. Voici comment se passe cette touchante cérémonie. Soixante députés sont tirés au sort, un dans chaque hameau. Ils se rendent dans le hameau où doit se faire l'admission, et forment un demi-cercle autour de la maison du surveillant qui se tient sur le seuil de sa porte. L'étranger arrive entre un juge de paix choisi pour présider dans cette occasion, et un prêtre. L'étranger est introduit dans le demi-cercle, et le juge de paix lui tient ce discours :

« Mon frère, nous ignorons le sujet qui vous amène parmi nous, et nous commençons par vous rappeler le secret qui vous est imposé comme à nous. Mais si nous ne savons pas qui vous êtes, nous savons que nous avons tous à expier. Les souffrances de l'homme prouvent ses fautes, car ce n'est pas injustement que Dieu inflige la souffrance. Nous savons que vous êtes une créature humaine, c'est-à-dire faite à l'image de Dieu. Nous savons que vous avez des destinées immortelles à accomplir. Nous savons que l'homme est fait pour la société ; mais nous savons aussi que la véritable justice distributive n'appartient qu'à Dieu, que Dieu seul peut nous rendre selon nos œuvres. Peut-être le niveau social où vous vous êtes trouvé placé contenait-il des choses qui d'abord blessèrent votre âme, et votre âme révoltée a été conduite au mal. En effet, du malaise au mécontentement, et du mécontentement à la révolte, la pente est rapide. L'homme ne peut vivre que dans la société, ne peut se développer que dans la société, et la société n'est pour l'homme, qu'un ensemble funeste de piéges, ou, pour parler plus exactement, d'épreuves trop souvent intempestives, peu ménagées. Après la révolte, l'ignominie dont vous avez été entouré, la réprobation qui vous a frappé, vous ont de plus en plus enfoncé dans l'abîme. Le mal engendre le mal. Vous n'avez pas voulu reculer devant vos propres terreurs, vous avez accepté votre excommunication sociale. Un premier pacte avec l'iniquité lie toujours au-delà de notre force. Maintenant félicitez-vous d'avoir brisé tous vos liens, d'avoir pu vous affranchir de tous vos engagements, de n'être plus garrotté par la fatalité que vous aviez faite vous-même contre vous. La liberté civile vous est enlevée en entier, afin que vous entriez dans la plénitude de votre liberté morale, qui est la seule vraie liberté de l'homme. Mais je vous parle au hasard comme si je savais que vous eussiez mal usé de la liberté, et que votre présence ici ne fût pas un acte très louable de cette liberté. Dieu m'est témoin, mon frère, que je ne le sais en aucune sorte. Et, si je parle ainsi, c'est pour commencer par vous apprendre l'humilité, pour donner à

« tous, pour me donner à moi-même une leçon qui nous
« profite. Si donc vous êtes venu volontairement recevoir
« le joug salutaire de la pénitence, si vous êtes comme un
« simple voyageur qui demande une hospitalité passagère
« sous nos tentes, vous ne serez point offensé, puisque tou-
« jours vous vous êtes reconnu pécheur, et nous le sommes
« tous. Quoi qu'il en soit, vous êtes déjà pour nous un frère,
« vous êtes celui que nous attendions, vous êtes celui dont
« les bons exemples nous sont promis à tous. Vous nous
« apprendrez les desseins de Dieu sur ceux qu'il veut les
« premiers appeler à lui. Nous lirons ensemble, dans les
« oracles éternels, que le trône de la puissance et de la
« gloire est accordé aux infirmes, que celui qui s'asseyait
« sur le fumier sera élevé pour s'asseoir avec les princes.
« Nous y lirons ensemble que là où le péché a abondé, là
« aussi abondera la grâce. Nous apprendrons de Job qu'il
« faut en venir à craindre toutes ses œuvres, puisqu'il en
« était venu, le juste lui-même, à craindre que ses œuvres
« ne s'élevassent contre lui. C'est ce qui nous porte, mon
« frère, à vous accueillir comme un pécheur qui demande
« la réconciliation. Ainsi donc toutes vos habitudes sont
« brisées. Toutes vos peines sont restées dans le monde que
« vous avez quitté. Vous avez déposé tous vos fardeaux sur
« le seuil de nos demeures. Vous êtes devenu un homme
« nouveau. La solitude et le silence vous révèleront les
« secrets de Dieu, qui sont au fond de votre cœur, qui
« n'ont jamais cessé d'y être. Vous êtes admis dans la
« Ville des Expiations, dans la ville des épreuves adoucies,
« dans la ville où l'homme est livré plus particulièrement,
« plus spécialement à ce qui est sa destination sur la terre,
« à ce qui est le véritable emploi de sa vie ».

Tel est le discours par lequel on commence à instruire le néophyte.

Tout est calme, paisible dans la cérémonie d'admission : les soldats sont en sentinelle, à l'entrée du hameau, sur le seuil de la porte, et y sont tout à fait étrangers.

Les soixante députés se retirent en silence chacun dans sa demeure.

L'étranger est conduit par le surveillant à celle qu'il doit occuper, et tout rentre dans l'ordre accoutumé.

VIII

Les néophytes peuvent correspondre avec leurs parents et leurs amis, mais leurs lettres et celles qu'ils reçoivent sont lues auparavant par le censeur, pour qui cette lecture est une confidence en quelque sorte sacramentelle. Toute correspondance du dedans au dehors s'entretient toujours sous le couvert de l'administration, pour conserver le secret des noms substitués aux noms anciens, des noms de religion aux noms du monde.

Ceux des néophytes qui veulent cultiver les sciences et les lettres le peuvent, toutefois néanmoins sous l'autorisation du tribunal de censure, lequel juge ce qui peut être publié d'une manière quelconque. Il ne faut pas oublier que la Ville des Expiations n'est autre chose qu'un renouvellement des institutions primitives. Ainsi, comme dans les temps anciens, nulle science ne doit être cultivée que de l'aveu des maîtres de la science ; nulle vérité ne peut être promulguée que de l'aveu des dépositaires de la vérité. Enfin tout doit être en définitive décidé par la voix de l'autorité. Mais on a soin de veiller à ce que le corps des censeurs ne soit pas étranger au mouvement des idées et des opinions ; il est toujours en sympathie avec le siècle. La Ville des Expiations ne doit jamais être isolée au milieu du monde civilisé. Elle est le lien entre les civilisations immobiles et les civilisations progressives. C'est une antique cité de l'Orient, transportée, tout d'une pièce, au milieu de notre changeante Europe. Elle ne participe aux développements que pour les constater par son adhésion, les légitimer en les adoptant. Elle ne repousse pas les investigations individuelles, mais elle veut qu'avant d'être produites au dehors, elles soient revêtues de la sanction des maîtres de la science, des dépositaires de la vérité.

IX

Quelquefois le néophyte a besoin d'être soutenu dans sa vie pénitente ; il est facile de se décourager lorsqu'on n'a que de funestes souvenirs, et lorsqu'on est dans une situation telle que la conscience va toujours se repliant sur elle-même. Le devoir alors est de rendre des forces à celui qui est faible. S'il y a plus que de la faiblesse, s'il paraît obsédé par ses remords, on le réprimande avec quelque douceur, mais aussi avec ascendant et conviction. « De quoi vous « plaignez-vous, lui dit-on, homme qui vous êtes condamné « à l'opprobre? Le vase n'a pas le droit de demander au « potier pourquoi, toutes les argiles étant égales entr'elles, « l'argile dont il est formé est devenue un vase destiné « aux plus vils usages ». Le potier aurait à répondre avec « justice : « Il faut des vases pour tous les usages. » Ceci « explique les races royales, les castes, les serviteurs, les « esclaves, les riches, les pauvres, les heureux, les infor- « tunés, les hommes doués de plus d'intelligence, ceux à « qui Dieu paraît avoir refusé une partie des dons de l'es- « prit. Ceci explique les innocents et les coupables; ceci « explique toutes les situations anciennes et modernes; « ceci explique même le mépris de certains hommes pour « la dignité humaine. Toutefois, mon frère, consolez-vous, « car le potier entendra les plaintes du vase, et il le desti- « nera un jour à des usages honorables. Il deviendra le « vase des parfums qui se brûlent éternellement devant le « trône de l'éternelle majesté. Mon frère, souvenez-vous « des lieux où l'homme est conçu, des voies par lesquelles « une créature intelligente et morale arrive dans le temps. « Essence humaine, es-tu moins l'essence humaine, pour « avoir habité dans la fange? Jugements de mon Dieu, « j'en suis certain, vous serez justifiés! Providence de « mon Dieu, de quel éclat vous brillerez lorsque vous serez « connue? Mon frère, dès que vous avez été parmi nous, « nous vous avons dit les anciens oracles. Voici encore les « paroles d'un prophète : « L'âme qui est triste, à cause « de la grandeur de son mal, l'âme qui marche courbée, « infirme, les yeux baissés, souffrante de la faim, cette « âme doit justifier et glorifier son Dieu. » Pour me servir « du conseil des Saintes Ecritures, je vous dirai : « Mettez « votre visage dans la poussière, et attendez l'espérance ». « Mais il est une vérité bien plus puissante que toutes ces « exhortations : « Celui qui n'avait pas connu le péché « s'est fait le péché, afin que nous, nous fissions la jus- « tice. » Après ce texte étonnant il ne me reste aucune « parole à vous dire. »

Telle est la forme des discours qui se tiennent à ceux qui sont sur le point de tomber sous le poids du découragement.

N'avons-nous jamais rencontré dans le monde de ces

hommes qui ne peuvent se pardonner à eux-mêmes les infractions qu'ils ont faites à la justice ou aux saintes lois de l'humanité ? « Que ne puis-je, disait un de ceux-là, que « ne puis-je anéantir ma vie passée ! » — Insensé ! autant vaudrait dire : « Que ne puis-je m'anéantir ! » La vie passée, c'est toi. Si ce que tu déplores n'existait pas, tu serais un autre que toi, tu aurais été soumis à d'autres épreuves. Il te fallait sans doute celles que tu as subies. Prions chaque jour, prions comme cela nous est prescrit ; prions le Père céleste de ne pas nous envoyer des épreuves au-dessus de nos forces.

Lecteur, qu'il vous souvienne de L'Homme sans nom. Notre cité mystique n'existait point alors que cet homme si noble et si dégradé se nourrissait de ses inflexibles douleurs, car alors nous lui aurions dit : « Ce n'est plus au « milieu du monde que tu peux verser des larmes ; le « monde ne vaut rien pour toi. Ce n'est pas au sein de la « solitude que tu dois rester; la solitude ne ferait qu'ag- « graver tes maux. Bénis mille fois Dieu qui t'offre un « doux refuge dans la Ville des Expiations. »

Au reste cette ténacité du souvenir prouve dans l'homme déchu que sa réhabilitation n'est pas complète, que le nouvel homme n'est pas tout entier né dans l'ancien, que le serpent ne s'est pas dépouillé de sa peau.

FIN DU LIVRE QUATRIÈME

La Ville des Expiations

LIVRE CINQUIÈME

I

Je voudrais, comme le Dante, interroger quelques-uns des néophytes que je vois passer successivement sous mes yeux, connaître leurs pensées, leurs sentiments, les misères ou les douleurs qui les ont amenés dans la ville des Expiations. Je voudrais enfin savoir les événements de leur vie, les modifications que chacun a éprouvées depuis qu'il n'habite plus la région changeante des passions du monde, depuis qu'il a fixé son séjour dans la contrée du calme, de l'immobilité, du silence. Je cherche au moins à lire sur les physionomies les traces des habitudes anciennes et des habitudes nouvelles. Il m'était interdit d'en faire plus, le Dante eut d'autres privilèges pour les cercles merveilleux qu'il lui fût donné de parcourir. Cependant j'ai eu l'occasion d'apprendre plusieurs histoires fort touchantes, et dont je puis donner une idée. Elles m'ont paru caractériser assez bien la différence que présente la cité du monde, comparée à la cité de l'initiation. Il est facile de comprendre que ces histoires m'ont été racontées sans que les personnes m'aient été nommées ou désignées. Une seule, celle par où je vais commencer, a pu, à cause d'une circonstance particulière, échapper pour moi au mystère qui est la loi générale de cette cité du mystère.

. . . .

(Ces histoires que Ballanche avait écrites pour illustrer sa doctrine ont été publiées dans la France littéraire, en 1832. Nous ne les republions pas ; du reste, il faut l'avouer, elles sont inférieures sous le rapport littéraire).

FIN DU LIVRE CINQUIÈME

La Ville des Expiations

LIVRE SIXIÈME

I

Lorsque le temps de l'expiation est accompli pour un néophyte, et qu'il désire rentrer dans le monde, cet heureux événement est annoncé en ces termes dans tous les hameaux : « Un néophyte, un de nos frères, est sur le point « de rentrer dans le monde. Mes frères, priez pour le pau« vre navigateur lancé de nouveau sur la mer orageuse. Il « était si bien dans le port ! Puisse néanmoins, par lui, la « bonne renommée de la Ville des Expiations s'étendre de « plus en plus ! Nous conserverons avec lui, quoique absent, « la touchante confraternité qui nous a unis ; nous ne bri« serons point notre sympathie de prières, et nous serons « encore avec lui devant le Dieu du ciel et de la terre, le « Dieu qui nous forma tous de la même argile, pour rendre « la perfection accessible à tous. »

Ensuite se fait la cérémonie de l'émancipation en présence des autorités, et l'on parle en ces mots au néophyte émancipé : « Mon frère, vous allez rentrer dans le monde « avec le nom que vous aviez dans le monde. Mais en re« prenant votre nom, travaillez à le glorifier, comme vous

« avez sanctifié celui que vous laissez ici, et qui restera « toujours en vénération. Mon frère, vous avez encouru, « ou vous avez voulu, par des motifs élevés, paraître avoir « encouru la mort civile, image de la mort réelle, que la « société jadis infligeait comme un châtiment, image aussi « de la mort à laquelle nous sommes tous condamnés. Vos « biens ont été administrés par une tutelle paternelle. Soyez « pour votre famille un sujet de joie et non point un sujet « de trouble. Songez, mon frère, aux écueils que vous allez « rencontrer. Gardez précieusement une longue mémoire « de la ville où vous laissez de si précieux souvenirs. Vous « l'avez traversée comme un voyageur, vous y avez vécu « sous la tente. Nous sommes tous voyageurs sur la terre. « Vous n'avez pu contracter que des amitiés qu'il fallait « rompre à chaque instant, et qui avaient à peine le temps « de commencer. Eh ! que sont, en effet, les amitiés de la « terre ? Mais ces liaisons fortuites, destinées à si peu du- « rer étaient toujours des liaisons entre frères. C'est ici que « vous avez appris tout ce qu'il y avait de bien en vous, « et que vous ignoreriez peut-être encore. Soyez un exemple « dans le monde, comme vous avez été un exemple parmi « nous. Que la pensée de la Ville des Expiations soit, dans « le monde, à cause de vous, une pensée douce et conso- « lante. Dites partout qu'ici règne l'amour et non la ter- « reur. Dites que tous doivent considérer la vie actuelle « comme une expiation, que tous doivent se faire à eux- « mêmes la cité des Expiations. »

II

Si un néophyte conserve des habitudes vicieuses : si, après avoir mérité d'habiter trop souvent les lieux de gêne, il meurt dans l'impénitence finale, on annonce cette triste nouvelle dans toutes les tentes du désert, en ces mots : « Il est mort un de nos frères ; nous ignorons les jugements « de Dieu sur lui, mais que ce jour soit pour la ville un « jour de pénitence et de prières. Tâchons de fléchir la « colère de Dieu, car nous vivons sous une loi de solida- « rité. Sans pénétrer les secrets de notre Créateur, entrons « dans un saint tremblement. Avant le sort définitif du « frère que nous avons perdu, espérons qu'il lui sera donné « de subir une nouvelle expiation, puisque celle-ci fut « insuffisante. Nous l'espérons, sans en être certain ; et

« qu'ainsi un tel exemple nous soit du moins un avertisse-
« ment salutaire ».

Chaque jour, au reste, ces sortes de malheurs deviennent plus rares. La force de régénération qui est dans l'institution finira par dompter les natures les plus rebelles.

Voici le discours qui est tenu au sujet de la mort d'un néophyte pénitent : « Il vient de mourir un de nos frères.
« Ce séjour a été pour lui ce qu'il devait être, un séjour de
« consolation. La justice humaine l'avait condamné, la jus-
« tice divine l'a réconcilié. Les fautes qui l'avaient con-
« duit ici avaient été ensevelies dans les secrets du pré-
« toire ; elles ne nous ont été révélées à la fin que pour être
« bénies. Le nom nouveau a fait l'homme nouveau. Nous
« eussions voulu lui épargner le souvenir de ses fautes, et
« ce souvenir est venu sanctifier son heure suprême. Mais
« sa première vertu fut de n'avoir pas désespéré de lui-
« même. Entendez bien ceci, mes frères, il a cru à la
« rédemption de tous les hommes ».

Lorsqu'un néophyte est mort, quel qu'il soit, volontaire ou condamné, pénitent ou impénitent, on dresse son acte mortuaire sous le nom qu'il a reçu en entrant dans la Ville des Expiations. Ensuite on le dépouille du bracelet où est enfermé le mystère de son ancien nom, et l'on envoie le bracelet avec l'acte mortuaire à l'administration, qui brise le sceau du bracelet. Là est dressé un second acte mortuaire, à la marge du registre où le véritable nom est consigné. Ainsi l'identité de la personne n'est constatée qu'au moment du décès. On est quelquefois étonné des prodiges de douceur, de patience, de charité qu'a fait éclater celui qui fut quelquefois si coupable dans sa vie antérieure. Le registre ou livre de vie, tenu par le dictateur, contient toute l'histoire de chaque néophyte, et cette histoire est rendue publique, selon que cela est jugé bon et utile, toutefois avec tous les ménagements que peuvent conseiller la prudence et la charité.

Le cimetière est sur une des collines de la banlieue. Un néophyte tiré au sort dans chaque hameau assiste aux obsèques du défunt.

Un néophyte émancipé est accompagné jusqu'au palais du gouvernement par soixante néophytes tirés également au sort dans chaque hameau.

C'est, dans l'un et l'autre cas, le jour des adieux.

III

Le silence qui règne dans la Ville des Expiations n'est interrompu que par des chants à l'aube du jour et au crépuscule du soir. Après les chants viennent des prières et des litanies, récitées dans tous les hameaux, chaque habitant sur le seuil de sa porte, et tous se répondent alternativement entre eux. Les prières et les litanies sont composées de textes de l'Ecriture Sainte, et ces textes sont principalement ceux où Dieu est considéré comme instituteur et comme conservateur des sociétés humaines. Voici quelques expressions de sentiments particuliers qui s'y trouvent mêlées :

« Rien de souillé n'entrera dans le royaume des cieux. Ce divin oracle nous fait comprendre pourquoi les hommes sont sur la terre, pourquoi nous autres nous avons été envoyés dans la Ville des Expiations ».

« La terre que nous habitons a été maudite à cause de nous ; les végétaux ont contracté des qualités malfaisantes. L'air a perdu sa pureté. Les animaux ont participé à l'anathème. Eux aussi sont déchus ».

« Mais la nature humaine a été rachetée ».

« Parole de Dieu, retentissez à nos cœurs. Parole de Dieu, ne prononcez pas contre nous une dernière malédiction. Parole de Dieu, n'attendez pas notre heure suprême pour ouvrir notre ouïe. Parole de Dieu, que dès notre existence actuelle nous vous entendions, afin que les épreuves d'une seconde vie nous soient ou épargnées ou adoucies ».

« Remercions Dieu, mes frères, de ce que nous avons été reçus dans la Sainte Ville des Expiations pour abréger le temps de l'épreuve ».

« Dieu, protégez la Sainte Ville des Expiations, et daignez produire dans ses habitants des fruits de pénitence ».

« Une ville des anciens temps, qui fut consumée par le feu de la colère céleste, aurait été épargnée si dix justes se fussent trouvés dans son sein : Dieu des rétributions, dix pénitents humiliés devant vous auraient-ils de même suffi à votre justice ? Dieu, faites que le nombre des pénitences sincères égale, au milieu de nous, le nombre même des habitants de la Sainte Ville des Expiations ».

« Mes frères, Ninive fut pénitente, et Ninive fut préservée de la ruine ».

« L'âme du pêcheur est une âme humaine, et par conséquent, malgré son péché un des plus beaux ouvrages du Créateur ».

« Justice de mon Dieu, prenez pitié de moi. Miséricorde de mon Dieu, accueillez-moi ».

« La Sainte Ville des Expiations est une image, un emblème de la Société du genre humain déchu et régénéré. Puisse notre cité aider, de plus en plus, chaque jour, à l'avancement moral du genre humain ! »

Telles sont les prières de chaque jour. Il y en a de particulières pour diverses circonstances. Celles qui se font durant l'orage sont très belles ; c'est une énumération triste et solennelle des fléaux qui pèsent sur le genre humain, en punition du péché ; elles rappellent les grands cataclysmes dont la mémoire s'est conservée parmi la race malheureuse d'Adam.

En temps de guerre, il y a des prières pour demander la paix. A la paix, il y a des prières d'actions de grâces. Jamais il n'y a dans la Ville des Expiations de prières pour remercier Dieu d'une victoire.

Tous les dimanches, prières pour demander à Dieu de hâter dans sa bonté le temps où il n'y aura plus de guerre parmi les nations, pour lui demander surtout que la Société Européenne vive en paix sous l'empire du Christianisme.

Tous les mois, commémoration du jour où la société, avertie par Dieu même, s'est affranchie du droit terrible d'infliger la peine de mort, et a cessé de croire à la loi du salut par l'effusion du sang.

Redoutable anathème de la guerre, tu vas cesser aussi, par suite du développement de la doctrine pacifique contenue dans la Bonne Nouvelle.

IV

Il serait trop long d'entrer dans les détails du régime intérieur ; il suffit d'en donner une idée.

Chaque néophyte prend deux repas, seul, sous sa tente ; le premier à sept heures du matin, le second à sept heures du soir. Entre ces deux repas solitaires est placé le repas commun de midi, où assistent tous les habitants du même hameau. La porte de chacun est ouverte un moment auparavant, et ils sortent tous, au son de la cloche, pour se rendre au réfectoire. Toutes les places à la table commune sont séparées les unes des autres, de manière à ce que chaque convive soit isolé de ses deux voisins. Lecture pendant le repas. Après le repas commun, promenade, si le temps est beau, d'une heure au plus, dans l'intérieur du hameau. La nourriture est saine et abondante. C'est la même pour tous, sauf les exceptions recommandées par le médecin. Le vendredi et le samedi, jour de deuil et jour d'abstinence, sauf aussi les exceptions. Ces jours sont encore des jours de pèlerinage des hameaux les uns chez les autres.

Chaque néophyte ayant été d'abord examiné sous le rapport de la profession, il y a des travaux qui se font en commun et d'autres en particulier. Le règlement des travaux est fort compliqué. On y fixe les heures du travail commun, du travail particulier, du silence.

Toutes les heures ont leurs attributions, et sont annoncées par les crieurs, lesquels sont pris alternativement parmi les néophytes. Dans les infirmeries, les lits sont placés dans des alcôves séparées. Les salles sont continuellement visitées, le jour et la nuit, par des infirmiers, par les aumôniers, les surveillants et les médecins.

Une des punitions infligées aux néophytes est la privation du repas commun et de la promenade. Cette punition émane du surveillant. Le néophyte peut s'en plaindre s'il croit la punition injuste. C'est le juge de paix qui connaît la plainte ; il ne peut pas refuser de l'entendre. Une des récompenses est la promenade hors de la ville basse, nommée le désert, dans quelque villa de la banlieue, destinée à cet usage. Les villas sont des Élysées dans de très beaux sites. Les néophytes n'y sont soumis qu'à une surveillance fort peu importune.

Il y a des patrouilles d'heure en heure. Les patrouilles de jour peuvent être formées de néophytes conduits par un caporal qui a le mot d'ordre. Les néophytes en patrouille ne visitent point les hameaux dont ils font partie en ce moment.

A toute heure du jour ou de la nuit, le reclus peut s'avancer vers son guichet pour demander ce dont il a besoin. Il fait appeler ou le surveillant, ou le médecin, ou le prêtre, ou le juge de paix, selon la nature de la demande, du secours ou de la réclamation.

Tous les jours, changement de linge de corps. Toutes les semaines, changement de linge de lit. Tous les quinze jours, un bain. Tous les mois changement de vêtements.

Feux sous la tente, lorsque le conseil de santé juge qu'il faut allumer les feux, sauf toujours les exceptions prescrites par les médecins de service.

Les paroles pour l'entretien sont prescrites ainsi. Le surveillant dit au néophyte : « Mon frère » ou « Ma sœur ». Le prêtre lui dit : « Mon fils », ou Ma fille ». Le médecin lui dit : « Mon ami », ou « Ma chère enfant. » Le néophyte répond au premier » : « Mon frère » ; au second « Mon père » ; au troisième : « Monsieur ». Les autres fonctionnaires disent simplement : « Homme, femme », ou « Enfant » ; ou bien appellent chacun par son nom religieux. Le néophyte répond : « Seigneur » ou « Maitre ». Les néophytes entre eux s'appellent frère et sœur.

Chaque surveillant a deux jours de congé par semaine, pendant lesquels il est remplacé par un surnuméraire. Ces jours de congé ne sont point donnés à l'oisiveté ; chacun a ou des affaires particulières qui l'occupent, ou un travail quelconque à l'administration.

Toutes les semaines, le surveillant envoie à l'administration un rapport individuel sur tous les néophytes qui lui sont confiés. Le surveillant surnuméraire envoie aussi son rapport pour les deux jours de son exercice. Un extrait de ces deux rapports, de même que les autres notes qui peuvent parvenir par différentes voies, sont consignés sur le grand livre où tous les néophytes ont un compte ouvert.

Lorsqu'un néophyte est tourmenté par ses remords, il est recommandé aux prières de tous les hameaux, afin que Dieu veuille bien lui faire comprendre sa clémence, et faire cesser le trouble de cette âme malheureuse.

Lorsqu'un néophyte est en danger de mort, on sonne le glas dans tous les hameaux. C'est un avertissement de prier pour que les douleurs de l'enfantement à une nouvelle vie soient abrégées, ou rendues plus supportables.

Les néophytes atteints de nostalgie voyagent sous la conduite d'un surveillant.

V

L'hygiène qui repose sur le choix des aliments, sur la propreté du corps, sur les moyens d'entretenir la salubrité, cette hygiène n'a pas été trouvée suffisante par les fondateurs de la Ville des Expiations ; ils ont voulu encore employer la ressource des fumigations et des parfums ; et, en cela aussi, ils ont tenu compte des enseignements de l'antiquité. Ils se sont souvenus des leçons données à cet égard par le père de la médecine, par des philosophes, par des législateurs ; ils se sont souvenus également que dans tous les temps, les parfums furent employés au service religieux.

Ils ne pouvaient pas négliger la musique. Ils connaissaient parfaitement tout ce que les traditions racontent de la musique, qui fut autrefois une philosophie tout entière. Des séditions furent apaisées par elle, elle guida des guerriers à la victoire : Timothée désarmait le courage d'Alexandre, ou l'enflammait. La musique civilisa les hommes. Orphée rendait sensibles les lions et les ours, et suspendait les tourments de l'enfer. Milton n'a pas craint de faire pénétrer, au moyen de la musique, quelques moments de repos parmi les réprouvés. Enfin la musique est venue se joindre à la pompe de tous les cultes, et jamais ce ne fut un vain accessoire.

La musique est donc mêlée à la plupart des actes de la ville. Un corps de musiciens se répand, à différentes heures du jour, dans les divers hameaux. Quelquefois, au milieu de la nuit, un concert se fait entendre. Des orchestres placés sur plusieurs points, dans des lieux élevés, se répondent entre eux.

Ainsi tous les sens des néophytes sont soignés pour arriver à un même résultat. De beaux sites, la salubrité de l'air, les parfums, l'harmonie, aident au développement du sentiment moral. L'austérité des aliments reste néanmoins toujours la même. Jamais sur les tables on ne trouve au-delà d'une nourriture saine et nécessaire ; jamais de mets exquis et recherchés ; jamais de boisson enivrante. Les repas sont toujours pris en silence, et encore est-on distrait dans la satisfaction de ce besoin par une lecture à haute voix ou par de la musique.

VI

Les statues des grands hommes, des poètes, des philosophes, des bienfaiteurs de l'humanité se rencontrent dans toutes les promenades ; leurs bustes décorent tous les lieux de réunion. Leur mémoire est ainsi toujours présente à tous les esprits, et sert le plus souvent de texte aux entretiens et aux leçons.

Des Hermès et des bornes-fontaines, placés dans tous les carrefours, portent des sentences. J'ai retenu quelques-unes des plus remarquables :

Tout commence par la synthèse.
L'analyse reconstruit la synthèse.
La foi est la plus éclatante des synthèses.

Éternité absolue et immuable, pour Dieu :
Absolue et progressive, pour les intelligences ;
Relative, pour la durée des épreuves.

Les évêques ont formé le royaume de France,
Comme une ruche ;
Les mystères
Ont fondé les États de la Grèce.

Fable et parole, synonymes ;
Parole et destin, synonymes ;
Parole et vérité, synonymes.

La synthèse, de Dieu
L'analyse, de l'homme.

La foi, synthèse ;
La science, analyse.

La découverte des lois, synthèse ;
L'explication des lois, analyse.

Les anciens, synthèse ;
Les modernes, analyse ;
L'avenir, retour a la synthèse.

Le dogme, cosmogonie ;
La foi,
Assimilation de la pensée divine a la pensée humaine

La science abandonnant l'instinct, superstition :
La science éclairant la superstition, incrédulité :
La science servant de nouveau, d'appui a l'instinct,
Retour a la religion.

La langue, c'est l'homme ;
La religion,
C'est la pensée divine qui a fait l'homme.

La liberté, c'est le moi humain.

La liberté, pour les peuples,
C'est le sentiment moral pour les individus

L'IDENTITÉ DE L'HOMME
EST CE QUI A CONDUIT AUX IDÉES INNÉES.

LYCURGUE
VOULUT PÉTRIFIER LA CIVILISATION HÉROÏQUE.

BOILEAU
AURAIT VOULU PÉTRIFIER LA LITTÉRATURE.

J.-J. ROUSSEAU
DES ÉMOTIONS ET NON DES PENSÉES.

LES ABEILLES DE NOTRE TEMPS NE S'INQUIÈTENT POINT
DES ABEILLES DU TEMPS D'ARISTÉE
L'HOMME DE NOTRE TEMPS VEUT SAVOIR L'HISTOIRE
D'ARISTÉE, PARCE QUE ARISTÉE C'EST ENCORE LUI.

TOUS LES SENS SE RÉVEILLENT RÉCIPROQUEMENT L'UN L'AUTRE. IL Y AURAIT EN QUELQUE SORTE DES ONOMATOPÉES DE COULEURS. TANT TOUT EST HARMONIE DANS L'HOMME ET DANS L'UNIVERS.

Les sentences des poètes gnomiques sont mêlées à celles des livres sapientiaux. Je ne cite que celles que j'ai lues ici pour la première fois.

On sait que Pisistrate fit graver sur tous les Hermès de la ville des sentences en vers élégiaques.

VII

Le code exceptionnel de la Ville des Expiations a été discuté dans trois séances consécutives des Chambres. Ce code, fort compliqué, fruit des méditations des plus grands jurisconsultes, prévoit tous les effets de la mort civile. Mais ce code lui-même se perfectionne chaque jour par l'expérience. Il a cela de remarquable qu'il porte en lui le moyen de s'améliorer et de se modifier selon les circonstances.

Une femme peut suivre son mari, mais volontairement. Encore elle ne peut le voir qu'au parloir, lequel se trouve dans le même bâtiment que le réfectoire ; et c'est toujours avec une permission. Il en est de même du mari si c'est la femme qui est néophyte. Si le mari et la femme sont tous les deux néophytes, ils doivent être séparés, et les permissions de se voir sont plus difficiles à obtenir. Lorsqu'ils sont malades l'un ou l'autre, ou tous les deux, leurs relations dans l'infirmerie sont déterminées d'une manière très précise, selon une foule de circonstances qui toutes sont prévues avec une rare sagacité. On cherche toujours à concilier la prudence avec la charité ; et ce que l'on considère bien avant la sûreté, c'est le développement du sentiment moral. La loi a aussi prévu le cas où des enfants seraient condamnés en même temps que leurs parents, et ceux où un enfant serait seul condamné ; et elle a fixé le rapport des enfants avec leurs parents dans ces diverses situations. Souvent une mesure paraît être arbitraire, et elle n'est fondée que sur un texte précis de la loi qui, lui-même, est fondé sur de très hautes raisons. D'ailleurs on est accoutumé à une obéissance aveugle, mais pleine de confiance. Jamais on ne se permet de juger même le for extérieur de l'administration, qui a, comme la Providence, ses mystères, et dont l'équité ne peut être révoquée en doute.

Néanmoins les néophytes ne sont point toujours isolés ; ils sont quelquefois admis à former un ménage, une famille, mais il faut qu'ils l'aient mérité ; et alors ils habitent, à poste fixe, un hameau destiné aux ménages, lequel est soumis à des règlements particuliers. Enfin ils peuvent arriver à former un établissement, soit dans la ville haute, s'ils sont artisans, soit dans la banlieue, s'ils sont agriculteurs. Il y a des formes sociales adaptées à chacune de ces professions. Les emplois de bureau peuvent également être remplis par des néophytes qui se sont élevés dans la hiérarchie sociale.

Lorsqu'un habitant du désert monte dans la ville haute, ou devient colon dans la banlieue, c'est un jour de fête.

Lorsqu'un habitant du désert est pleinement gracié, ou mérite la robe de la seconde innocence, c'est un jour de fête dans tous les hameaux, le jour de la délivrance. Ce n'est qu'alors, ainsi que cela a été déjà expliqué, que sa vie précédente est connue. Encore il arrive quelquefois que le fait est connu, et que l'identité de la personne reste ignorée. Quelquefois aussi celui qui a mérité l'émancipation complète, et dont on pouvait croire qu'il s'était revêtu volontairement du cilice de la pénitence, veut lui-même faire sa confession publique pour servir d'exemple à tous, et pour la gloire de la Ville des Expiations.

Un jugement accorde au néophyte qui passe dans la ville haute la faculté de reprendre sa femme. Jusque-là, comme nous l'avons vu, cette femme ne peut se trouver avec son mari qu'au parloir, ou le soigner à l'infirmerie, et toujours avec certaines formalités. Une femme néophyte est soumise à des formalités différentes, en ce qui concerne ses rapports possibles avec son mari. La loi qui a mis tant d'entraves diverses à la liberté, n'a pas perdu un instant de vue l'empire naturel de l'homme sur la femme, du père et de la mère sur les enfants; elle les respecte, même en les suspendant.

En général, le célibat ou la continence sont imposés aux néophytes. Cependant il est des cas où même le néophyte non marié peut se marier. C'est ici que l'on trouve dans les lois une admirable prévoyance pour toutes les contingences possibles.

Les règlements pour l'état civil des enfants sont arrangés de manière à pouvoir s'adapter en même temps à la société particulière de la ville, et à la société générale du royaume. Les rédacteurs de ces règlements n'ont jamais été entraînés loin de cette pensée première que si la Ville des Expiations est la résurrection des formes sociales anciennes, ces formes existent à côté ou au milieu d'une société progressive, et que souvent les mêmes individus sont destinés à passer par des civilisations différentes. Souvent en effet l'éducation d'un homme doit représenter l'éducation du genre humain.

Les enfants nés au désert sont élevés dans la ville haute, émancipés ensuite par un conseil de tutèle, et libres de choisir le lieu de leur résidence, à moins qu'il n'y ait des raisons pour prolonger sur eux la triste influence des solidarités humaines. Cette émancipation donne lieu à une des plus touchantes cérémonies qu'il soit possible d'imaginer. On révèle à l'adulte qui reçoit cette espèce de baptême régénérateur, on lui révèle le mystère de sa naissance; on lui dit quels pécheurs furent ses parents. On récite avec lui le *Miserere*, cette prière si haute et si humble, par laquelle chaque homme confesse qu'il a été engendré et conçu dans l'iniquité. Tout en laissant à l'adulte émancipé la faculté d'aller où il veut, on l'engage à rester dans la Ville des Expiations. Il peut conserver une correspondance directe avec les fonctionnaires de la ville, et il est toujours accueilli avec joie lorsqu'il veut revenir dans sa sainte patrie.

Il arrive quelquefois que les enfants nés dans la Ville des Expiations peuvent être rendus à leurs parents. La cérémonie de la restitution est faite pour plusieurs à la fois, et le jour de cette cérémonie est un jour de fête pour la ville.

Les enfants dont le nom de famille doit rester inconnu sont nommés les orphelins selon le sang, ou les enfants de la Providence.

L'éducation de tous est dirigée de manière à ce que les enfants puissent entrer dans un état, ou prendre une profession, un métier, lorsque l'âge sera venu. Toutefois il y a des exceptions qui sont puisées avec discernement, soit dans la connaissance particulière qu'on a de la famille de l'enfant, soit même dans ses propres inclinations, ou dans les facultés qu'il montre. Les études les plus fortes ne sont pas refusées à ceux qui y paraissent propres.

On a vu qu'au nombre des établissements de la ville se trouve une école d'apprentissage pour le maniement des armes ; c'est même ce qui forme la principale garnison. D'excellents officiers du génie, en même temps que d'intrépides soldats et de braves officiers de toutes armes, peuvent sortir de cette école où sont admis naturellement les orphelins dont il vient d'être parlé.

Lorsque le néophyte, par une bonne conduite éprouvée, obtient la faveur d'une demeure fixe, cette demeure est un peu plus ornée. Il y a des hameaux assignés pour les demeures fixes : les reclus qui y sont établis peuvent converser ensemble. C'est le premier degré du progrès social ; c'est quitter l'état nomade et devenir habitant.

Un néophyte vient à habiter la ville haute, ou la banlieue ; il y exerce une profession, ou on lui donne un petit bien en ferme : c'est le second degré du progrès social.

Un néophyte devient propriétaire de son atelier, de son commerce, ou du bien qu'il tenait à ferme : c'est le troisième degré du progrès social. La plus grande moralité qui résulte de la société, c'est la propriété.

L'état militaire est aussi une sorte d'émancipation, sauf néanmoins l'assujettissement à la discipline.

Ceux des néophytes qui ne savent pas lire l'apprennent, s'il en est temps encore. Chaque néophyte a le *Manuel du Chrétien*, lorsqu'il sait lire. Il y a en outre, une bibliothèque de choix, qui est à la disposition des néophytes, sous la censure de l'administration. Une très belle imprimerie est destinée à multiplier les livres approuvés par l'autorité :

ce sont des espèces d'*ad usum*, qui se répandent avec un grand succès dans tout le royaume.

Les revenus de la Ville des Expiations reposent sur une certaine quantité de biens-fonds, qui sont sous une sorte de régime de mainmorte, et dans lesquels sont essayés tous les nouveaux procédés agricoles.

VIII

A mesure que le nombre des hameaux nomades diminue par le progrès naturel de l'instruction, et par le développement de la morale publique, on déclare que tel hameau s'avance du désert vers la ville haute. Le jour où cette déclaration est faite solennellement est un jour de fête, avec le sceau de l'anniversaire pour l'aveni

Et ici il n'est pas possible d'échapper à une pensée que la prévoyance d'un tel progrès fait naître dans l'esprit. Lorsque le développement des facultés humaines et du sentiment moral sera arrivé, au moyen de la société se perfectionnant, et perfectionnant l'homme, selon qu'elle en a reçu la mission ; lorsque, disons-nous, ce développement sera arrivé au point où Dieu a déterminé qu'il arriverait, ce sera sans doute la fin des sociétés humaines, car alors le genre humain aura accompli ce qu'il lui a été donné d'accomplir sur la terre. Lorsque le perfectionnement moral de l'homme sera tel que l'a prévu le Créateur, alors il faudra bien que l'homme entre, sinon dans la plénitude de ses destinées définitives, du moins dans une nouvelle sphère d'activité et de développements.

Selon St Augustin (Cité de Dieu), l'espèce humaine serait partagée en deux grandes familles, l'une dont Abel est le chef, et l'autre qui a Caïn pour premier ancêtre. Il s'agit d'une généalogie toute morale et toute intellectuelle. La famille de Caïn a besoin de l'épreuve sociale ; celle d'Abel eût pu s'en passer, mais elle s'y est résignée.

Le christianisme est venu opérer la réconciliation de ces deux familles, qui sont ennemies depuis le commencement des temps. L'œuvre du christianisme finira par s'accomplir.

Lorsque les deux familles du genre humain n'en formeront plus qu'une seule, ce sera sans doute le temps de l'accomplissement de cette prophétie apocalyptique, sujet de tant d'explications et de conjectures, de ce retour à l'unité, de ce règne de mille ans, où la terre doit présenter une image de la justice fixe et immuable, être un emblème de nos destinées définitives.

Ne nous perdons point dans de tels nuages, et sondons un avenir plus prochain, plus dans le calcul des probabilités humaines.

Transportons-nous donc par la pensée à l'époque où la Ville des Expiations existera depuis un siècle. Alors, j'en suis persuadé, elle n'aura plus que son origine constatée par des monuments historiques, qui pourra faire connaître par quelle colonie elle aura d'abord été habitée. Un grand nombre de hameaux sera converti en habitations fixes. Quelques-unes seront restées des solitudes tout à fait volontaires pour y recevoir ceux que l'ennui du monde ou le goût de la vie contemplative y aura conduits. Le plus petit nombre seulement aura continué d'être le partage des pénitents obligés, parce que dans le royaume, des institutions formées dans le même but sont devenues suffisantes. Des pauvres et des infirmes viendront encore dans la Ville des Expiations chercher des soulagements à leurs misères.

La plupart des clôtures auront été démolies. Les douze chapelles restées un but de pèlerinage auront continué d'être desservies par de saints prêtres. Les bâtiments des réfectoires seront changés en de beaux ateliers de divers genres. Les édifices publics de la Ville haute auront également changé de destination, car invraisemblablement alors un simple juge de paix suffira pour juger les différends de la colonie.

Mais, ô Dieu ! il m'est impossible de ne pas prévoir dès à présent, notre colonie, vieillie avant le temps, toujours régie par des lois exceptionnelles qui seront tombées en désuétude, et par conséquent hors du droit commun, ne tardera pas à se pervertir. Législateur, je vous avertis d'avance, afin que dès à présent vous vous occupiez à prévenir un tel malheur. La Ville des Expiations, si vous n'enfermez pas l'avenir dans vos lois du présent, pourra devenir la ville des divertissements et ensuite des scandales. Elle ne voudra pas se passer de spectacles et de bals. D'abord les histrions et les baladins s'y glisseront furtivement, puis ils y élèveront leurs tréteaux avec les applaudissements des citoyens dégénérés. Alors tous diront : « Nous voulons être comme les autres peuples ». Alors il est à craindre que nul prophète n'ose crier dans les rues et sur les places publiques :

« Hommes insensés ! ne vous souvenez-vous plus de vos « pères ? Ils vécurent dans la [illegible], qui est la libre « acceptation de l'expiation pour soi, de la solidarité « pour les autres ; et c'est par [illegible] qu'ils se sont rendus cé- « lèbres... »

La [illegible] Sybaris fut détruite par les Pythagoriciens.

Espérons toutefois qu'il sera possible d'écarter cette décadence [illegible] des choses humaines, et, la [illegible] dès l'origine ; croyons plutôt que s'opérera la régénération générale, la grande réconciliation des deux familles, dût arriver la fin de nos destinées sur la terre.

Nous ne devons pas redouter les destinées qui suivront. L'être intelligent et moral ne peut rétrograder.

Il est une dernière remarque, la plus importante de toutes, et par laquelle j'aurais dû commencer : les lois qui ne sont pas des prophéties, c'est-à-dire les lois qui ne règnent pas dans l'avenir, sont de mauvaises lois.

Mes craintes étaient vaines. Les fondateurs de la Ville des Expiations ont assuré la perpétuité de leur ouvrage. Il ne m'a pas été donné de connaître tous les moyens qu'ils ont employés, mais ce que je sais, je ne craindrai pas de le dire.

IX

Je n'ai point divisé l'espèce humaine en deux familles, l'une innocente, l'autre coupable. Saint Augustin méconnut le sens profond de l'antique fratricide, type terrible des fratricides mythiques par où commencent toutes d'histoires primitives. Lord Byron s'est emparé du dogme transformé et perverti. Pour lui, Caïn est un initiateur comme Prométhée. Ainsi il a confondu Eschyle et la Bible.

L'altération du dogme de la déchéance par les Grecs est facile à comprendre lorsque l'on parvient à se faire une idée du génie hellénique.

L'ancien mythe latin, dont on ne trouve plus de trace que dans la langue, disait que les âmes innocentes venaient animer les races patriciennes, et que les âmes coupables venaient se purifier dans les individus plébéiens.

Les gnostiques, d'après les traditions orientales, construisirent un système analogue.

Nous avons trouvé, nous, que le don de la capacité du bien et du mal est la première manifestation de l'humanité ;

c'est par là que nous sommes parvenus à expliquer la série des destinées humaines, au sein de leur berceau cosmogonique, et à travers les révélations de l'histoire.

Nous avons donc pris la raison de la loi du progrès dans le mystère même du dogme de la déchéance et de la réhabilitation.

Nous avons vu le genre humain partagé en initiables et en initiateurs, les uns et les autres appartenant à la même essence, les uns et les autres compris dans le même principe ontologique. Cette division en initiables et en initiateurs n'est donc qu'une division des facultés humaines, et elle tend à s'effacer graduellement par la vertu de la Méditation.

La responsabilité, devenue le partage de tous, produit la dignité pour tous.

La Ville des Expiations ne reconnaît point pour fondateur un meurtrier : ce mythe primitif doit disparaître devant la Rédemption chrétienne ; l'homme ne suppliera plus par le sang. Toutefois, comme l'institution nouvelle doit reproduire l'image et la pensée des institutions antiques, il faut bien qu'elle renferme deux villes dans une seule ville : l'une est la ville exotérique ; c'est celle que nous avons parcourue. Nous sera-t-il donné de pénétrer dans la ville ésotérique, la cité du mystère ?

Déjà nous avons aperçu de loin la colline sacrée ; nulle part nous n'avons pu voir les avenues qui y conduisent.

Non, la Ville des Expiations ne périra point, car elle est ville éternelle ; et nous savons que ce nom de ville éternelle désigna un rang, un grade dans la hiérarchie des villes antiques.

La Ville des Expiations, comme l'Egypte d'Orphée, est une représentation de toutes les civilisations, de toutes les institutions, de la marche initiative de l'humanité ; comme les villes primitives, elle est une image du monde, mais du monde chrétien à toutes les époques du christianisme.

C'est une palingénésie perpétuelle, qui fait sa durée, qui la constitue Ville Eternelle.

FIN DU LIVRE SIXIÈME

La Ville des Expiations

LIVRE SEPTIÈME

I

J'ai visité la Ville des Expiations. Je me suis reposé par la pensée sous les paisibles tentes de ses futurs habitants ; mais la toise d'or avec laquelle j'ai tracé l'enceinte, cette toise d'or que daigna me confier le génie de l'humanité, a-t-elle eu assez de puissance entre mes mains ? N'ai-je point été infidèle à ma mission lorsqu'une timidité excessive, devenue un doute presque coupable, m'a porté à dire que la cité de l'avenir n'avait d'existence qu'à la condition restreinte et misérable de donner une forme à mes propres sentiments ? Et cependant mon idée est un fait. La forme est donc en quelque sorte une expression plastique. Elle prend ainsi le rang, la force, l'importance d'un fait passant de l'état abstrait à l'état concret : l'abstraction est une marque de la limite assignée à l'intelligence humaine. La foi néanmoins peut déplacer cette limite ; car, nous le savons, parole et destin sont synonymes ; et la parole de l'homme dans de certaines circonstances, a reçu un pouvoir de création. La Genèse nous dit qu'au commencement l'homme eut la faculté de nommer, en d'autres termes, qu'il connut l'essence des êtres et des choses.

La Ville des Expiations ne doit plus être une vaine fiction, une invention fantastique, une illusion, comme le disent du monde les cosmogonies indiennes. Elle est par elle-même, elle est parce qu'elle est nommée, elle est parce qu'elle est. Nul ne peut dire qu'elle ne soit pas.

Maintenant, achevons de réaliser ma pensée, en la pénétrant tout entière, et dans ce qu'elle a de plus intime ! S'il ne s'agissait que de la mienne, c'est-à-dire d'une pensée individuelle, je ne serais pas tenu sans doute de prendre tant de soin. Non, c'est d'un bien autre intérêt que je me trouve chargé. C'est une pensée générale, qui est entrée en moi ; c'est un sentiment de l'homme social actuel, qui féconde cette pensée en moi ; enfin c'est ce qu'il y a de plus élevé dans une pensée générale, et de plus auguste dans un sentiment collectif, qui cherche une expression en moi. En un mot, osons le dire, puisque je le sens ainsi, c'est un fait divin que j'ai à raconter. Un tel langage ne saurait étonner ceux qui m'ont bien compris jusqu'à présent. La même synthèse que j'ai appliquée au passé, il faut que je l'applique à l'avenir. De la même manière que, dans Orphée, j'ai évoqué l'humanité antérieure à l'histoire, de la même manière que, dans l'histoire romaine, j'ai cherché la formule générale de l'histoire de l'humanité ; il faut que j'évoque à présent l'humanité qui suivra l'histoire, il faut que je cherche la formule qui doit produire l'évolution définitive.

Ce ne sera pas merveille de succomber sous un tel effort, mais d'autres sans doute suivront cette trace, et seront plus heureux.

Si j'étais comme le solitaire de Pathmos, chef d'une tribu, d'une tribu dispersée dans le monde, d'une tribu qui se composerait de l'élite du genre humain, je dirais ma vision, et ma vision serait la réalité des choses, et la réalité apparaîtrait aux autres, comme elle me serait apparue à moi-même. Eh bien ! je suis cela, je suis le solitaire de Pathmos. Je me fais l'interprète des pensées et des sentiments d'une tribu dispersée dans le monde, d'une tribu qui est en ce moment l'élite du genre humain, d'une tribu en qui est le pouvoir civilisateur, et qui, parce que l'avenir lui est promis, excite mille haines, mille méfiances. Voici donc ce que je sais, ce que j'éprouve, ce que je vois.

Ecoutez et comprenez ; mais auparavant il faut que je

m'explique moi-même : j'ai une thèse préparatoire à présenter ; je ne serai pas long.

Les idées entrent peu à peu dans le monde. Souvent on ignore le moment où une idée se lève pour la première fois sur l'horizon intellectuel et moral. Elle n'appartient à un homme, que lorsque cet homme se rend l'interprète de cette idée déjà tacitement populaire, si une telle expression est permise, en la restreignant au nombre plus ou moins grand de ceux pour qui l'idée nouvelle n'est point étrangère, en qui elle est tout de suite sympathique, et qui par conséquent sont tout disposés à se l'assimiler. Avec de telles conditions, elle est entendue par ceux qui doivent l'entendre ; elle est sue par ceux qui doivent la savoir. Un nom d'homme ou de doctrine n'est qu'un signe, le sceau et non la cause : il marque l'heure, il distingue les temps, il est un appui pour la mémoire. Cela est si vrai, que jamais un nom ne manque à une tradition ; les peuples la nomment. Ils l'appellent ou Homère, ou Orphée, peu importe ; quelquefois même c'est la Providence, c'est Dieu. Mais lorsque la majesté d'une pensée générale consent à revêtir une expression individuelle, toujours elle finit par trahir son origine élevée.

Ce que je dis des idées peut se dire des faits ; ou plutôt les faits sont comme les noms auxquels s'attachent les idées. Les faits les plus importants en apparence ne sont pas toujours les faits les plus importants en réalité. Il ne peut y avoir de fait important pour nous que celui qui est la manifestation d'une pensée générale ; pour dégager ce fait, il faudrait remonter à l'origine, c'est-à-dire à la pensée primitive qui effectivement l'a produit, qui l'a produit pour ainsi dire nécessairement comme l'effet sort inévitablement de la cause ; et c'est un effort d'une miraculeuse difficulté. Nous savons seulement que les faits providentiels ne peuvent avoir qu'une cause providentielle comme eux, mais toujours sous la condition de la liberté des êtres intelligents. Ainsi la pensée humaine n'est point exclue de cette cause providentielle, puisqu'elle y concourt.

Enfin, et ceci est plus singulier, mais n'est pas moins vrai, quelquefois la pensée non produite au dehors, non exprimée extérieurement, se communique à d'autres qu'à celui en qui elle s'est formée. De là les pensées simultanées dans un temps et dans un lieu, surtout aux époques palingénésiques comme celle où nous nous trouvons; et celle-ci se distingue de toutes les autres, en ce que la diffusion est incomparablement plus grande, en ce que les sympathies sont bien plus générales.(J'excepte pourtant l'époque où la lumière du christianisme a lui sur le monde). Alors c'est une électricité toute morale, toute psychologique, un magnétisme intellectuel, qui fait concevoir le monde des esprits, qui fait concevoir la parole antérieure au langage, mais d'une antériorité toute métaphysique. Dans cet état même, toutes dépourvues qu'elles sont de leur expression extérieure, les pensées ont une telle puissance les unes sur les autres, qu'elles se modifient mutuellement. La pensée générale d'une multitude, souvent, et même toujours, n'est précisément celle d'aucun individu pris isolément.

J'ai déjà dit que la pensée dont je me rends l'interprète est une pensée générale, que le sentiment que j'exprime est un sentiment revêtu du caractère de l'universalité.

Les opinions individuelles sont sans puissance, ou plutôt elles ne sont pas, tant qu'elles ne sont pas assimilées aux autres. Ici reviendrait la distinction des hommes spontanés et des hommes assimilatifs, distinction que j'ai assez expliquée ailleurs.

Enfin encore il y a des hommes dont la pensée reste intérieure, et ne se manifeste point en dehors. Cette pensée est-elle perdue ? N'y aurait-il point un certain nombre d'hommes dont les hautes pensées mènent les autres hommes à leur insu ? Cette hypothèse au reste nous est indifférente.

On peut tout croire dans de telles spéculations, et le monde des esprits nous est trop inconnu ; seulement il ne nous est point permis de douter que ce ne soit lui qui gouverne le monde des corps.

D'inductions en inductions, j'espère que j'arriverai à me faire comprendre.

Ainsi donc la région où nous sommes parvenus, à mon avis, n'est point celle de la fiction ; ce n'est point non plus celle de la vision ; c'est la sphère de la pensée en puissance d'être, de la pensée générale, et non de la pensée individuelle ; et j'oserais presque dire que le fait de l'expression ou de la forme n'a qu'une importance secondaire. Le fait est à la pensée ce que le corps est à l'âme : il la constate, il la manifeste, il la rend sensible. La pensée est une essence qui veut devenir une substance. Or la pensée que j'ai à constater, à manifester, à rendre sensible, est une pensée toute populaire, en ce sens qu'elle est intime en tous ceux qui sont susceptibles de la recevoir, c'est-à-dire en tous ceux qui ont le sentiment et la sympathie du progrès actuel.

J'ai donné une forme quelconque à cette pensée, et la forme n'est rien en soi ; néanmoins elle est tenue d'être vraie ; d'accuser juste la pensée.

Ce n'est pas moi qui parle, c'est le temps ; je n'entre pas même dans l'avenir, je reste dans le présent. Je ne suis pas prophète, je suis voyant : je ne suis pas inventeur, je suis rhapsode.

La muse voit et la muse dit ; mais ici elle voit les réalités morales et intellectuelles, et ce sont celles-là qu'elle dit ; et elle les dit avec le même langage qui dit les réalités de la nature et de l'art.

Ce que je viens d'expliquer s'applique seulement au livre dans lequel nous entrons.

II

Au centre de la Ville des Expiations est une colline couverte de beaux arbres et entourée de murs semblables à ceux d'une citadelle. De tous les points de la ville on aperçoit cette colline couronnée par un temple majestueux dont on ne voit que le faite. Le mur d'enceinte n'est percé par aucune porte, et son accès est défendu par un large fossé. Il est interdit de chercher à savoir quel est ce temple ; on ignore s'il est desservi par des prêtres : nul bruit ne part de cette demeure mystérieuse, si ce ne sont des chants religieux qui se perdent quelquefois dans le vague des airs et qui semblent venir de là.

Cette région inconnue dont on ne racontait rien, vers laquelle on osait à peine tourner les regards, qu'on aurait pu croire habitée par d'autres êtres que par des créatures humaines, faisait un effet singulier sur l'imagination. Etait ce un lieu de récompense ? Etait-ce une retraite pour ceux dont les blessures de l'âme étaient trop profondes ? Etait-ce peut-être,au contraire, le séjour des grands coupables, qui ne pouvant obtenir leur réconciliation que par de pénibles souffrances, sont soumis aux épreuves du fer et du feu? Quoi qu'il en soit, on ne sollicite à ce sujet ni les terreurs ni les espérances des habitants.

Après un séjour de quelques mois dans la *Ville des Expiations*, j'étais sur le point d'en sortir pour rapporter à ceux qui m'avaient envoyé ce qu'il m'avait été donné de voir et de comprendre. Je n'étais pas étonné de ce que je n'avais point pénétré dans cette enceinte inaccessible, où il était bien permis de supposer qu'étaient déposés tous les secrets de la cité merveilleuse. Je n'avais point oublié que j'étais dans une ville semblable aux villes primitives, et je pensais que peut-être celle-ci avait son arche sainte, son palladium, qu'il fallait tenir éloignés, bien éloignés des profanes. Je me disposais donc à partir, lorsqu'un messager vint me dire que le dictateur demandait à me parler. Je me rendis à l'instant même dans son palais, et voici ce qu'il me dit : « Ce n'est pas un homme tel que vous que je veux laisser retourner dans ses foyers sans l'avoir instruit d'une chose, à savoir que tout ne lui a pas été dévoilé, qu'il n'a vu que l'extérieur de notre institution. Etranger, vous avez été le sujet de mes observations particulières ; vous vous êtes présenté à moi avec des marques que vous ne connaissiez pas vous-même. Les chefs de l'avenir ont jeté les yeux sur vous, et vous êtes destiné à être initié un jour au siècle futur. Désormais, vous aurez pour patrons de votre existence nouvelle les chefs de l'avenir, sans cesser toutefois d'être soumis aux lois du présent, qui régissent les sociétés humaines. Faites donc toutes vos dispositions de départ, ensuite vous reviendrez dans ce palais avec le bâton du voyageur. On ne vous verra sortir ni de mon palais, ni de la ville ; vous aurez disparu de nos murs ; et, dans trois jours, vous vous trouverez seul sur la route de votre patrie. »

Je fis ce qui m'était prescrit.

Lorsque je fus rentré dans le palais avec le bâton du voyageur, le dictateur me fit bander les yeux ; ensuite le gouverneur me conduisit par un chemin qui devait me rester toujours inconnu, et qui, sans doute, est un souterrain. Après un espace de temps que je ne puis apprécier, mais qui ne me parut pas très long, et pendant lequel je m'entretenais avec mon guide, on m'ôta mon bandeau, et je me trouvais dans l'enceinte mystérieuse dont je viens de parler. C'était une magnifique forêt, percée de tous côtés par de larges avenues, qui aboutissaient au temple situé sur le sommet de la colline.

Le gouverneur me conduisit au temple, édifice immense d'une architecture toute nouvelle. L'extérieur ne présente qu'une vaste masse. On y entre par d'admirables portes d'airain, d'un travail merveilleux, qui sera expliqué tout à l'heure.

A un signe du gouverneur, elles semblèrent s'ouvrir d'elles-mêmes, comme on le dit jadis des portes de l'Olympe.

Nous entrâmes ; personne ne se présenta pour nous recevoir. Nous nous mîmes à marcher au milieu d'un péristyle d'une hauteur merveilleuse, dont il m'était impossible d'apprécier la largeur et l'étendue. Le jour n'arrivait que par les rinceaux et les bordures de l'immense plafond, que supportaient de très belles colonnes. Ainsi la lumière flottait dans les chapiteaux, éclairait le plafond à compartiments dorés, et arrivait à peine sur le pavé en mosaïque où nous marchions. Au contraire, au bout du péristyle, dont l'étendue se déroulait en quelque sorte à mesure que nous avancions, je voyais des flots de lumière entourer un obélisque qui terminait cette avenue de colonnes. Enfin, nous approchons, nous arrivons au terme de notre carrière. Que dirai-je ? comment peindre un tel aspect ? Phidias après avoir poussé jusqu'à ses dernières limites l'idéal de la statue humaine, était parvenu à grandir d'un triple front la figure majestueuse de Jupiter-Olympien. Ici l'architecte inspiré avait résolu dans son art un problème analogue à celui du statuaire ancien. Je ne sais par quelle illusion de perspective et de lumière il avait su imposer aux yeux la nécessité de voir une triple coupole d'azur, tout étincelante d'étoiles d'or, et qui se perdait non seulement dans les airs, mais j'oserais dire dans les rêves d'une puissance indéterminée. Un tel effet, à la fois fantastique et réel, ne peut se concevoir. Ce triple firmament, conçu par l'intelligence humaine, était une belle et vive image, un magnifique hiéroglyphe du triple firmament qui sert de marche-pied au trône de l'Eternel, de celui qui est, de l'être des êtres, du seul qui soit par lui-même, du seul qui soit inconditionnel et nécessaire. Un cercle immense de colonnes entourait le sol sur lequel nous marchions ; mais ces colonnes ne supportaient point la triple coupole, qu'on eût dit suspendue dans les airs, et se soutenant elle-même. Un Scythe aurait pu craindre que le ciel ne tombât sur sa tête. Les étoiles d'or, sur un fond d'azur, entassées plutôt que disposées dans un ordre symétrique, paraissaient fuir les unes derrière les autres. Sur les chapitaux des colonnes était assis un entablement simple : imaginez un temple découvert, ayant le ciel pour pavillon, le ciel des intelligences. C'est au milieu de cet espace que s'élevait l'obélisque.

Une loi de la nature s'oppose à ce que les travaux des hommes puissent paraître même aussi grands qu'ils le sont quelquefois en effet. La perspective les rapetisse, en diminue graduellement les proportions, et se joue ainsi de nos vains efforts vers l'infini. L'architecte ici a voulu lutter contre cette loi de nature, et il est parvenu à en vaincre l'inflexible rigueur. Cette enceinte de colonnes dérobe la circonférence et les limites de la ligne qui ondule à la base de la coupole ; l'entablement, destiné lui-même à dérober ces limites en circonférence, semble aussi se perdre dans les airs. On ne sait où commencent, où finissent ces lignes augustes.

On n'est d'abord frappé que de l'ensemble de cet édifice, unique en son genre, création inconnue de la foule, qui participe du temple fermé et du temple découvert. Un jour égal s'y distribue, comme les poëtes l'ont dit du jour de l'Élysée. Pendant que j'y étais, l'air se remplit de parfums, et une musique d'une mélodie parfaite se fit entendre, semblable au concert que formeraient mille harpes éoliennes. Alors le gouverneur, qui m'avait accompagné, se retira, et je restai seul.

III

Je ne restai seul qu'un instant. Bientôt un vieillard vénérable sortit d'une porte étroite, cachée dans un des ornements qui décoraient la base de l'obélisque. Ce vieillard était vêtu d'une longue robe de lin. Il s'avança vers moi, et me dit : Étranger, il ne s'agit point avec nous d'une initiation semblable aux initiations qui se pratiquaient dans les mystères de l'antiquité. Le christianisme est la promulgation de tout dogme, de toute vérité. Tu n'as rien à promettre, tu n'es tenu à la loi d'aucun secret. Tu raconteras ce que tu voudras des choses que tu auras vues et entendues. Les merveilles de ce temple sont simples et grandes ; elles sont le fruit du travail de l'homme, et elles sont consacrées à retracer toutes les époques typiques de l'histoire du genre humain. Maintenant que tes yeux sont accoutumés à la lumière qui éclaire l'intérieur du temple, tu peux y voir gravés les faits qui seuls composent les traditions générales dont l'inaltérable empreinte se trouve chez tous les peuples, dans toutes les langues. Les bas-reliefs qui couvrent cet obélisque, sont une cosmogonie composée de toutes les cosmogonies ; car toutes sont des transformations les unes des autres. Les soubassements des colonnes qui marquent cette belle enceinte, sont des bas-reliefs qui rappellent l'histoire primitive du genre humain, c'est-à-dire, les temps divins ; car en cela encore les traditions générales sont les expressions diverses d'une même idée. Enfin les soubassements des colonnes, qui forment le long portique par où tu es entré, ont des bas reliefs qui représentent les temps héroïques ou à demi-fabuleux : et je prends le mot fabuleux dans son acception vraie.

« Lorsque Dieu fit le monde, il accomplit son ouvrage en plusieurs temps ; et il commença toujours par créer l'essence de l'être avant de créer l'être lui-même, l'être type ou originel.

« C'est dans ce sens que Leibnitz a dit admirablement bien que l'entendement divin est la région éternelle des essences.

A la fin le monde des substances périra, le monde des essences continuera d'exister comme avant la création phénoménale ; et ce qui offre une image de cela ; c'est la simplicité des éléments qui composent toutes choses, et qui sont les mêmes pour les choses les plus dissemblables. La plante vénéneuse et la plante salutaire ont les mêmes éléments matériels. La matière est aussi simple que l'esprit, et aussi inexplicable. Chaque chose périra en sa forme, ainsi qu'il a été dit.

« Ce qui prouve le plus la divisibilité de la matière, c'est la ténuité de ce qu'il y a de matériel dans l'organisation d'un être apercevptible seulement par le microscope. Comptez, si vous le pouvez, les pulsations du cœur d'un ciron, évaluez la force de sa fibre, faites-vous une idée de la circulation des fluides qui portent le mouvement et la vie dans tous ses organes, dites-moi la portion de lumière qui descend de Syrius jusqu'à son œil ; et remarquez que cette ténuité d'organisation nous fait présumer, avec un juste fondement, que nos microscopes sont loin de nous révéler tout le monde de la divisibilité.

« Avant les choses, il y avait donc l'essence des choses : c'est là l'esprit de toute cosmogénie.

« Les essences désiraient devenir des substances : c'est là le fondement de la théogonie cabirique et platonique.

« L'acte de la création est un acte éternel et continu : *au commencement*, comme on l'a remarqué, veut dire *en principe* ; c'est une antériorité métaphysique.

« C'est dans de telles idées générales que nous avons pris celle de la peinture des faits que nous avions à retracer, et qui sont toujours des faits universels ; c'est aussi dans ces idées générales que repose le véritable génie symbolique qui nous a été légué par l'antiquité. Sitôt que les faits cessent d'être des faits universels, nous les avons dédaignés. L'histoire succède à la poésie ; l'éducation divine du genre humain est achevée. Ainsi donc rien ne retrace ici ni les temps historiques ni les philosophies humaines. Les portes de bronze qui se sont ouvertes devant toi, contiennent tous les signes de la parole chez tous les peuples. Le verbe incarné, le verbe de Dieu n'a point d'emblème ; et nous savons que c'est lui qui a tout fait.

« Mon fils, il te faudrait bien du temps pour voir tous ces bas-reliefs, pour les examiner, pour entendre toutes les explications : une année ne suffirait pas. Nous avons un collège de théosophes qui étudient sans relâche les monuments impérissables dont ces bas-reliefs ne sont qu'un abrégé. Mon fils, ne t'effarouche pas, nous sommes chrétiens. Nous enseignons tout le christianisme, le christianisme avant et après la manifestation qu'il a plu à Dieu de nous donner dans le temps, mais qui est éternel comme son auteur ; car la même parole, qui a fait le ciel et la terre, s'est faite homme pour sauver les hommes. Les sages enfermés dans cette enceinte sont peu nombreux ; ils se mêlent dans le monde pour y répandre des idées, pour connaître celles qui y circulent, pour rester en sympathie avec le mouvement des affaires humaines. Ils vont souvent dans la ville exotérique pour y assister aux cérémonies d'un culte qui est le leur, quoiqu'ils n'en suivent pas toutes les pratiques, quoiqu'ils n'y croient pas tous de la même manière, quoique enfin ces cérémonies ne soient pour quelques-uns d'entre nous, qu'un signe extérieur, un signe semblable au signe contenu dans une langue ; et une langue est destinée toujours à donner une forme à la pensée. Ainsi, pour ne parler que de la plus auguste cérémonie de notre religion, de la vraie religion chrétienne, nous savons ce que représente la messe, le plus haut mystère de la régénération de l'homme, mystère qui continue de s'accomplir, quelle que puisse être l'ignorance qui soit venue saisir un trop grand nombre de prêtres au milieu de leur foi pétrifiée, de leur foi privée de science et de vie universelle. N'oublions jamais que tous les actes divins sont continus, et que celui de la médiation est continue comme celui de la création : c'est cette pensée qui réunira un jour toutes les communions chrétiennes. Il ne peut point y avoir de commémoration pour un fait qui n'est pas interrompu ; il ne peut y avoir que l'apparition même du fait, qui ne cesse jamais d'être un fait actuel. Ceci seul nous fait comprendre comment les prétentions de l'Eglise catholique sont fondées, lorsqu'elle affirme être dépositaire des véritables traditions chrétiennes. Oui le dogme de la présence réelle est le dogme autour duquel doit se reconstruire l'unité ; car il a sa racine dans la psychologie chrétienne qui est une psychologie cosmogonique.

« Mon fils, nous sommes chrétiens ; mais nous savons, et nous avouons que le christianisme lui-même a produit une sorte de paganisme que les esprits éclairés écartent de leur pensée. Le christianisme pur, le véritable christianisme, est pour les peuples modernes ce que fut l'initiation pour les anciens peuples. Les incrédules de ce temps-ci ont refusé de s'initier eux-mêmes ; la véritable initiation est toujours en soi.

« Mon fils, la Ville des Expiations, que tu as parcourue, est l'image de la vie purgative, pour me servir d'une expression consacrée, par les initiations anciennes et par la philosophie pythagoricienne. Ici c'est toujours dans le même système de doctrine, le séjour de la vie unitive.

« Ne crois pas néanmoins que nous soyons unanimes dans nos opinions ; mais la discussion nous éclaire, ou du moins finit par nous expliquer la raison des différences qui peuvent exister entre nous.

« Je vais prendre pour exemple la doctrine du péché originel.

« Le péché originel explique l'homme par un état de dégradation, dont il a besoin de se relever. Quelques-uns de nous disaient : « Ne pourrait-on pas trouver ailleurs la raison de ce quelque chose d'incomplet qui frappe, et qui a frappé, dans tous les temps, ceux qui ont étudié l'homme indépendamment des croyances ? Ne pourrait-on pas dire que l'homme est destiné à se compléter lui-même ? Dieu le place dans un milieu social pour cela. Dieu lui donne une religion pour cela encore. » La doctrine du péché originel, telle qu'elle a été enseignée dans les écoles orthodoxes, est plus vive et plus nette, quoique plus rigoureuse ; et même, à cause de son extrême rigueur, elle se comprend mieux que la nouvelle exposition de ce dogme universel ; mais il serait possible qu'elle y eût préparé, et peut être le temps fût venu de la produire. Ce qui nous a retenus dans les limites de la croyance ancienne, c'est que, si nous nous attribuons le devoir d'expliquer les traditions générales du genre humain, nous ne nous attribuons pas celui de les réformer. Nous sommes persuadés de la vérité et de l'unité d'une révélation divine. Au reste, et c'est alors que nous avons pu nous réunir réellement ; au reste, en effet dans une certaine sphère d'idées, les deux doctrines sont identiques. L'homme a été créé dans un ordre hiérarchique d'où il est descendu par sa faute ; il faut qu'il s'y replace lui-même par la vertu du médiateur identifié à la nature humaine, alors donc nous rentrons dans le dogme universel. Remarque bien qu'ainsi nous évitons l'écueil de faire commencer l'homme par le degré le plus infime de l'organisation et qu'en même temps nous concilions les notions de justice et de bonté attribuées à Dieu avec le sentiment de la misère des destinées humaines. Il ne peut y avoir parmi nous de véritable hérésie. Le symbole de notre croyance est tiré en entier des traditions générales du genre humain ; car c'est là qu'est la véritable révélation continue de Dieu.

« Peut-être serait-il permis de dire que c'est depuis le péché originel que la condition de la société, c'est-à-dire de la solidarité, fut ajoutée à la condition humaine. Le mal fut dispersé, pour qu'il fût moins concentré, pour qu'il perdît de son intensité et de sa malignité, pour qu'il fut plus facile à vaincre. C'est sur cette route que nous avons rencontré la modification du dogme redoutable des peines éternelles, dont la peine de mort a été si longtemps une image cruelle. Une telle expression t'étonne, et cependant je puis te dire qu'elle ne m'est point échappée. Je continue. Cette intention paternelle de la Providence dans la dispersion du mal, c'est peut-être la raison pour laquelle les animaux entrèrent en partage du fardeau, pour l'alléger, comme en effet cela est dans la réalité. Ils supportent avec nous le poids de nos travaux ; ce sont des organes extérieurs ajoutés aux organes de l'homme. Cela est incontestable pour les animaux domestiques : pourrait être cela pour les autres de proche en proche. Ce fut peut-être là tout ce que les anciens philosophes entendirent par la métempsycose. Voyez le magnétisme perpétuel de l'homme sur les animaux. Revenons à la raison de l'institution sociale. C'est une limite qui fut mise à la liberté de l'homme. Il perdit son individualité, parce que Dieu vit bien que son individualité ne lui suffisait plus.

« Mon fils, je t'ai dit quelques mots du péché originel ; venons au dogme du médiateur, qui en est la suite nécessaire, ou plutôt qui en est le complément et la fin.

« Je ne te parle plus de la croyance chrétienne, telle qu'elle est en toi, et telle qu'elle est en moi-même. Nous nous sommes assez étendus à cet égard. Je parle à présent indépendamment de cette croyance. Un de nos dogmes, comme je te l'ai déjà dit, c'est qu'une révélation, toujours la même, se modifie selon la langue et le génie des peuples, mais ne fait que se modifier. Écoute ceci ; il te sera facile d'y reconnaître une transformation d'idées identiques, diversement exprimées.

« Les Égyptiens croyaient que la révolte du monstre Typhon avait introduit le mal sur la terre. Auparavant tout était en harmonie dans la nature. Les hommes, soumis à l'ordre, étaient souvent honorés de la visite d'Osiris, d'Isis et d'Hermès, qui leur apprenaient tous les mystères de la sagesse. Sans passer par la mort, les hommes étaient transportés dans des régions astrales, et montaient de ciel en ciel, de perfection en perfection. Mais la révolte de Typhon et de ses complices les relégua sur la terre. Les hommes devinrent sujets à l'ignorance, aux passions, aux infirmités, à la mort. La déesse Isis va partout chercher les âmes égarées, tandis qu'Horus combat sans cesse le mauvais principe.

« Le culte des Égyptiens était tout symbolique et relatif à l'état primitif des choses et au rétablissement attendu. Les prêtres portaient une croix.

« Mon fils, on compte quatre grandes époques dans le monde depuis la naissance de l'homme. La première fut la chute originelle, et la dispersion du mal pour lui faire perdre de son intensité. La seconde fut le déluge universel, pour abolir les traditions perverties dans leur essence propre, et trop identifiées avec l'essence des races humaines alors existantes. Je dois te dire néanmoins que le genre humain tout entier aurait pu être sauvé, s'il l'eût voulu ; car, même avec l'état de perversion où étaient tombées ses traditions, par sa faute, il avait encore mille voies ouvertes à la réconciliation. Au reste, la mort étant entrée dans le monde, on peut dire que le grand châtiment n'avait réellement rien de plus que d'être une rénovation. Les hommes périrent, ils ne furent point anéantis : ils allèrent dans d'autres lieux pour être soumis à d'autres épreuves. Les hommes donc, ainsi que nous le remarquions tout à l'heure, pouvaient éviter le déluge ; et le monde lui-même, le monde tel qu'il était, alors aurait été ce que fut pour une seule famille l'arche de la régénération. Ne savons-nous pas d'ailleurs que le mystère de la rédemption et celui de la déchéance sont intimement unis ? La troisième époque est celle de la manifestation, dans le temps, du médiateur promis, dès l'origine, à toutes les nations et dans toutes les langues : c'est sous cette époque de réconciliation, de salut et de grâce, que nous avons le bonheur de vivre. Enfin la quatrième époque, dont le temps n'est point fixé, puisque l'homme doit la faire éclore, l'avancer ou la retarder, ainsi que cela est arrivé pour les autres, la quatrième époque qui sera la dernière, est celle de la consommation.

« Ces quatre grandes époques s'expliquent mutuellement les unes les autres, dans l'accord ineffable de la providence de Dieu et de la liberté des êtres intelligents.

« Le phénomène métaphysique qui gouverne le monde est un phénomène continu et toujours subsistant.

« Toutes les heures de cette merveilleuse horloge de l'univers sont des heures théogoniques et cosmogoniques, palingénésiques et apocalyptiques.

« L'acte de la création, comme il vient d'être dit, est un acte continu et sans fin : cette acte de la toute-puissance divine est à la fois spontané et successif, puisqu'il est éternel.

« C'est avec raison cependant qu'il est dit que Dieu se reposa après l'acte de la création, c'est-à-dire qu'il laissa le monde créé aller par les lois générales établies de Dieu même : Dieu agit toujours et se repose toujours. L'expression est successive, mais l'expression seulement, pour s'accommoder au langage de l'homme, qui, placé dans le temps, ne peut avoir que des pensées successives.

« Nos livres saints disent que ce fut après avoir créé

l'homme, que Dieu se reposa ; et la raison en est facile à comprendre. L'essence humaine est le but, non pas de la création, mais de la partie de la création que nous connaissons Nos livres contiennent la partie de la révélation qui est relative à nous. Nous sommes au sommet de ce monde. Moïse a détaché un feuillet de la révélation générale, le feuillet où est l'histoire de l'homme, de l'homme en rapport avec Dieu et l'univers.

« Si nous voyons dans les espaces du ciel des globes naître et des globes s'évanouir, l'histoire de ces globes se trouve sans doute dans le livre de la révélation générale.

« Chaque moment est un symbole de l'éternité, contient l'éternité, se perd dans l'éternité.

« Le fini et l'infini se confondent dans le même temps et dans le même être.

« Chaque être subit toutes les successions cosmogoniques ; il les subit à chacune de ses transformations, à chaque manifestation d'une nouvelle série d'épreuves.

« Tous les faits universels, ainsi que je te l'ai déjà dit, sont semblables et identiques ; mais je dois ajouter que les faits individuels sont la représentation des faits universels.

« L'histoire d'un homme, c'est l'histoire de l'homme.

« L'histoire d'un peuple, c'est l'histoire de tous les peuples.

« L'histoire d'un homme, c'est l'histoire d'un peuple, c'est l'histoire de tous les peuples ; c'est enfin l'histoire du genre humain ; et l'histoire du genre humain lui-même, c'est l'histoire de chaque homme.

« Je parle de l'homme dans ses développements successifs, et toujours identique à lui-même.

« L'homme, en sa qualité d'être intelligent, est destiné au progrès, car sans cela il serait réduit à l'instinct, ce qui n'est pas. De plus, nous trouvons la raison de la loi du progrès dans le décret même de la déchéance et de la réhabilitation, manifestant et expliquant l'identité.

« Si l'âme de l'homme n'était faite que pour informer son corps, ce ne serait pas la peine. Elle est d'abord ; ensuite elle est soumise à une initiation par le corps.

« L'individu n'est être moral que comme être libre. La moralité entre dans les peuples par la liberté. La liberté fera que les masses ne seront pas purement instinctives.

« Dès ce monde, il y a une hiérarchie d'esprit. qui nous fait comprendre les autres hiérarchies d'intelligences, et, pour le dire en passant, nous fait comprendre les hiérarchies préparatoires des castes dans les sociétés anciennes.

« Mais il n'y a qu'une essence humaine, et tous les hommes doivent arriver chacun au même but, le développement complet de son être. Nous voici revenus au dogme de la déchéance et à celui de la réhabilitation, formant par leur réunion intime la psychologie de l'humanité.

« As-tu quelquefois réfléchi à l'insurmontable difficulté que l'on éprouve à se connaître, à s'apprécier soi-même, soit en bien, soit en mal ? Nous ne sentons nos facultés qu'en les exerçant ; elles existent cependant lors même que nous ne les employons pas ; bien plus, celles que nous n'exerçons jamais, et sans doute il y en a, ne sont pas moins en nous.

« As-tu réfléchi quelquefois à la difficulté non moins insurmontable que nous éprouvons tous à connaître nos propres pensées, à nous en rendre compte à nous-mêmes, à les détacher nettement comme une réalité.

« Enfin as-tu réfléchi quelquefois aux mouvements indélibérés qui agitent sourdement le fond de notre être, sans que nous nous en rendions compte, sans que nous en ayons la conscience, sans cependant que nous cessions d'être nous et d'êtres libres.

« De tout cela que conclure pour la simultanéité, la spontanéité et l'identité, sinon une explication, ou plutôt une puissante analogie qui nous initie à une certitude complète, qui nous donne la foi en la perpétuité de notre être identique, de notre moi après cette vie ?

« Nous sentons trop vivement et ce qui nous manque, et ce que nous avons sans pouvoir en user, et ce qui est en nous en quelque sorte à notre insu, pour que nous ne sentions pas le besoin du développement et de la perfection. Le doute ne peut donc porter que sur la forme de l'évolution. Quant à la nécessité, elle est admirablement démontrée par l'inconcevable certitude où nous sommes qu'il y a en nous des choses, et ce sont les plus intimes, qui sommeillent à présent, et qui doivent se réveiller un jour. N'avons-nous pas déjà les organes qui feront de la chenille rampante un brillant papillon ? Les phénomènes magnétiques ne présagent-ils pas un nouveau mode de perceptions possibles ?

« La révélation, qui a mis en nous ce besoin de nous connaître nous-mêmes, s'est chargée de satisfaire à ce besoin, autant qu'il peut être satisfait dans cette vie, où nous devons être éprouvés, précisément par le mystère. »

Pendant que le vieillard parlait, je sentais toute l'insuffisance de ses paroles. Il succombait sous le fardeau des explications qu'il voulait me donner, et je ne pouvais lui en demander de nouvelles. Une seule chose restait de ces instructions incomplètes, c'était la nécessité qu'un nouveau voile fût levé pour l'esprit humain. L'autorité dépositaire des traditions chrétiennes sans doute a seul le pouvoir de satisfaire les justes curiosités produites par le développement du dogme et par les découvertes de la science ; c'est donc pour elle un devoir qui lui est imposé, et qu'elle accomplira lorsque le moment sera venu. Toutefois, à toutes les époques, cette autorité ne fait jamais que proclamer une expression générale, résumé orthodoxe de la croyance. La tâche des fidèles consiste à produire par la contemplation et la spontanéité les éléments de l'expression générale,qui alors est une puissante assimilation de la pensée divine et de la pensée humaine. Entre les intervalles des époques palingénésiques, une orthodoxie progressive va jusqu'à pardonner l'erreur qui tient à un ardent amour de la vérité. Néanmoins j'étais persuadé que des enseignements plus profonds que ceux du vieillard ne tarderaient pas de venir à mon secours.

Maintenant je vais continuer de donner une idée de mes entretiens avec lui.

IV

Le vieillard me dit encore : « Nous avons ici un établissement considérable d'enseignement normal, et qui rappelle le célèbre musée d'Alexandrie. On y professe les langues orientales et toutes les philosophies. On y enseigne les deux philosophies, celle qui est fondée sur le Christianisme contenu dans les traditions générales du genre humain ; car, ainsi que je te l'ai déjà dit, nous croyons ici que nul peuple n'a été sans révélation,et que tout hommeporte en soi son flambeau et sa règle, sous la condition néanmoins de ne pas se tenir séparé du genre humain ; et ce que nous redoutons le plus, pour le bonheur et pour la morale, c'est le génie de l'isolement. Tous ces enseignements sont la préparation nécessaire pour faire partie de notre collège de théosophes. Ainsi toutes les grandes questions qui agitèrent le monde dans les premiers siècles de l'ère chrétienne, c'est-à-dire l'ère de la manifestation spéciale du christianisme, toutes ces grandes questions, dont la plupart ont été successivement étouffées ou par hérésies, ou par des orthodoxies trop rigoureuses, sont la pâture habituelle de nos pensées de chaque jour.

« Remarque bien ce que je vais te dire ; c'est là toute la doctrine de notre initiation, la seule possible en ce moment, et que nous publions parce que le temps de l'ésotérisme est passé, le christianisme étant pour tous également, pour le citoyen et pour celui qui est sans droit de cité, pour l'innocent et pour le coupable, pour l'infortuné et pour celui que l'on estime heureux. Ecoute donc avec attention.

« L'homme est soumis à des initiations successives. Le genre humain a commencé par le premier degré de l'initiation.

« Toutes les sociétés humaines commencent également par le premier degré.

Toute cité antique a commencé par être un asile, lorsqu'elle n'a pas été une colonie ; car alors la cité n'est plus primitive. Encore il est souvent arrivé que les colonies ont été constituées de la même manière que les asiles.

« Toute vie humaine commence par être une expiation. La vie tout entière est une épreuve et une expiation.

« *Ne nos inducas in tentationem.* Cette parole, qui se trouve dans la prière chrétienne par excellence, veut dire : Ne nous envoyez pas des épreuves au-dessus de nos forces

« Peut-être la légèreté de l'épreuve comptera-t-elle aux bons, et peut-être seront-ils retardés d'autant, à moins que ce ne soit une preuve d'une existence antérieure. Cela est vrai pour les heureux. De là l'insuffisance de l'initiation ancienne.

« L'histoire, soit générale, soit particulière, décrite dans la pensée dominante de l'épreuve, de l'expiation, pensée féconde qui reçoit des développements égaux et analogues, qui jette la même lumière sur les faits, quelle que soit leur nature ; cette pensée appliquée à chaque homme, à un peuple, à une race, au genre humain, ne serait-elle pas suffisante pour faire la plus belle des histoires? C'est ainsi que nos sages écrivent l'histoire, c'est selon cette règle qu'ils jugent les historiens, et qu'ils jugent les justices humaines.

« L'imagination, élevée à cette haute sphère, ne doit-elle pas produire une poésie toute nouvelle ? Notre poésie commence, et par elle nous règnerons sur le monde de l'idéalité. Nous étudions les chefs-d'œuvre de l'esprit humain, et nous admettons tout, car la variété est une des beautés du monde poétique et intellectuel, comme elle l'est du monde physique. Mais nos véritables traditions poétiques, nous les prenons toujours dans le système sérieux de l'épreuve et de l'expiation. Notre poésie est toute providentielle.

« La philosophie fondée sur le dogme universel ne serait-elle pas à son tour la plus belle des philosophies ? C'est celle que nous enseignons dans nos écoles du degré le plus élevé. Ce n'est point une philosophie scolastique s'exerçant sur des idées, sur des abstractions ; c'est une philosophie réelle s'exerçant sur les faits de la Providence, sur les faits de l'esprit humain.

« Si je parle ainsi de la philosophie scolastique ce n'est point pour la déprécier. Nous le savons, elle a été un instrument admirable pour s'ouvrir, durant le règne des individualités si puissamment égoïstes et assimilatrices du moyen âge, toutes les routes de l'intelligence. De ce que cette philosophie a accompli une mission, et que cette mission est finie, il ne faut pas être ingrat envers elle ; il faut se souvenir que toute mission est divine. Il en est de même de toutes les civilisations antérieures. Toutes ont rendu des services, outre qu'elles ont été sans doute des épreuves appropriées aux temps où elles ont régné à leur tour sur les hommes. N'outrageons point nos pères, n'insultons point à la Providence, croyons aux jugements de Dieu, et soyons certains que jamais les destinées humaines n'ont été abandonnées aux chances fortuites et contingentes du hasard.

« Tous les peuples, toutes les institutions humaines qui ont successivement paru sur la terre, ont tenu un flambeau, ont mis en circulation une pensée, ont semé un germe impérissable. Des peuples ont gouverné le monde par les armes, par le commerce, par les arts. La mission divine du peuple hébreu est facile à comprendre ; et c'est là que se trouve la meilleure réfutation de l'opinion de Bossuet. C'est le sentiment moral qui est pour nous la puissance des armes, celle du commerce, celle des arts, et presque la puissance religieuse. En effet c'est le sentiment religieux que nous répandons ; c'est le règne de la Providence que nous voulons établir. Nous sommes de vrais catholiques, car nous sommes au sommet de toutes les opinions religieuses ; nous habitons la région de toute vérité universelle. Mon fils, nous habitons cette région, mais nous sommes loin de la connaître toute, et nous y faisons chaque jour de nouvelles découvertes.

« Je te dirai plus. Notre collège de théosophes a une direction suprême sur la civilisation actuelle : cette direction inconnue et mystérieuse exerce une grande influence sur le monde, et règle l'avenir de la société. Il domine tous les pouvoirs par une force secrète et bienfaisante qui ne repose jamais, qui ne sommeille jamais, qui n'opprime point parce qu'elle n'est point usurpée, qui gouverne réellement, parce qu'elle gouverne par un ascendant tout naturel. Ce collège n'a aucun attribut d'exécution ; aucun moyen coercitif, et cependant il lance des anathèmes ; s'il le voulait, il forcerait les pouvoirs de la société à frémir dans les liens sacrés de l'interdit. Les dynasties ne peuvent plus être la proie des révolutions. Quand une dynastie cesse d'avoir le sentiment de la direction de la société, nous affranchissons la société qui serait menacée ainsi d'errer dans ses voies, ou qui courrait le risque d'être opprimée ; nous l'affranchissons sans qu'elle ait besoin de s'affranchir elle-même par la violence et l'illégalité.

« Notre collège suprême peut évoquer à lui les affaires de haute trahison ou de conspiration, pour les juger en dehors des lois sociales actuelles, et pour leur appliquer, s'il est besoin, les lois futures. Nous brisons entre les mains de tous le glaive de la vengeance, nour arrachons au visage de tous le bandeau de la partialité. Nous ne poursuivons par l'homme du pouvoir lorsque l'iniquité a été commise, nous n'attaquons point le juge prévaricateur ; mais nous savons atteindre l'un et l'autre par l'inexorable persévérance de nos reproches. Nous ne signalons point le fait au public, mais nous le caractérisons par une accusation solennelle où le coupable n'est point nommé, et l'accusation est signifiée au coupable lui-même, pour que lui ne l'ignore point. Il est ainsi poursuivi jusqu'à la fin de sa vie par une sorte de persécution toute morale qui ne lui laisse aucun repos. Néanmoins il peut obtenir le bienfait de l'expiation, sans être obligé de venir le chercher dans nos murs.

« Je ne t'en dis pas davantage. Une autre fois tu reviendras nous trouver, tu habiteras parmi nous, tu participeras à nos enseignements ; et lorsque tu auras passé par tous les degrés de la science, nous te ferons connaître la théorie de l'avenir, et les lois de prévoyance, ou plutôt de prescience, qui sont fondées sur cette haute théorie. Tu le sais, les Hébreux eurent des écoles de prophètes.

« Lorsque l'homme pense fortement à l'avenir, il le voit, il le sent, pour le redouter ou pour en jouir : ceci peut servir à nous faire comprendre la prescience de Dieu, la pensée de Dieu sans acception du temps.

« La manière symbolique dont les prophéties sont énoncées prouve que les événements ne doivent pas arriver en opposition avec le libre arbitre. L'événement fait toujours la part des volontés humaines. Le destin est prévu, mais non les faits individuels dont se compose le destin. La seule exception, c'est la promesse du médiateur, et l'on comprend pourquoi. Cependant il faut bien remarquer que même la promesse du médiateur est devenue le fait du genre humain par l'assentiment que le genre humain lui a donné.

« L'Apocalypse de saint Jean est une prophétie générale ; on s'est trompé en voulant y voir une suite de prédictions spéciales. C'est aussi une poésie revêtue de formes particulières et traditionnelles ; enfin c'est une enveloppe pour transmettre aux chrétiens persécutés les consolations et les conseils dont ils avaient besoin. Il n'était pas nécessaire qu'un tel langage fût compris par tous ; il suffisait qu'il fût compris par ceux qui étaient chargés du dépôt de la doctrine, par ceux qui dirigeaient les peuples dans la voie nouvelle. On n'a pas assez remarqué qu'à l'origine le Christianisme procéda par la forme providentielle et progressive de l'initiation. Les symboles de l'Orient durent se retrouver dans le berceau asiatique, comme bientôt les usages et les rites du grand empire de l'Occident se produiront dans la discipline, lorsque le Christianisme sortira des catacombes romaines.

« Mon fils, il y a tel arbre de la forêt qui est plus vieux que ne l'a été telle institution humaine La féodalité, l'une des plus fortes qui aient jamais enchaîné les peuples, la féodalité elle-même n'a pas vécu au-delà de la vie d'un grand chêne. Mon fils, prie la Providence de Dieu que l'existence de la Ville des Expiations se prolonge dans les siècles à venir, jusqu'à la consommation des temps. Au reste, l'élément successif, le moyen perfectible, sont en elle. Mon fils, le monde social partout a commencé par les temps divins. Les hommes furent en tutelle et gouvernés indépendamment d'eux ; ils doivent finir par s'abandonner librement et volontairement au gouvernement paternel de Dieu. Ils doivent obéir, non plus par philosophie, mais par amour.

« Le destin, tel qu'il fut conçu par l'antiquité, était réel ; son sceptre de fer a été brisé par la loi chrétienne.

« Etranger, je me retire, mais je ne te laisse pas seul. Adieu ».

Le vieillard, à ces mots, se retira, sans que j'eusse la pensée de lui adresser aucune parole.

Toutefois je sentais plutôt un trouble dans mes facultés ; et j'étais loin d'être satisfait de tout ce que je venais d'entendre : il me semblait que le vieillard eût pris à tâche de répondre à mes propres idées, sans s'imposer le devoir d'en faire naître de nouvelles. Ainsi c'était encore pour moi une instruction exotérique. Me sera-t-il donné plus tard d'obtenir un enseignement ésotérique ? Le voile des destinées futures de l'humanité sera-t-il soulevé devant mes yeux ?

V

Quoi qu'il en soit, je vais chercher à me rappeler diverses choses qui s'étaient mêlées à ses discours sans suite, et tout pleins de digressions.

Au sujet de cette assertion que les villes primitives furent dans l'origine des asiles, à commencer par la ville de Caïn, le premier meurtrier, le premier amnistié ; à ce sujet, dis-je, il ne manquait pas de me faire remarquer que la Genèse fut la véritable histoire du genre humain, qu'elle l'est encore, qu'elle l'a été pour tous les temps, car elle raconte et prophétise tout à la fois ; ce qui a fait dire avec raison qu'elle était figurative et historique. Et, à cette occasion, il crut devoir me communiquer une pensée dont la réalisation occupait en ce moment le collège suprême, pensée qui prouve à quel point ce collège s'occupe en effet de la direction des choses humaines, mais d'une direction toute paternelle et toute morale.

« Tu as parcouru l'Italie, me disait l'hiérophante, et tu as vu cette noble contrée dévorée par la double plaie d'un air malfaisant et d'un indestructible brigandage ; indestructible, et je ne me trompe point d'expression, indestructible, puisque les sociétés en dissolution ramènent un état pire que la brutalité primitive. Là le moyen-âge a péri sans être remplacé. Et cependant si l'homme veillait pour les choses que la Providence lui a confiées, il n'aurait pas sujet de désespérer. Dans les sociétés en dissolution, le germe de l'indépendance et de la force se conserve longtemps au sein des repaires de brigands, et c'est là quelquefois le premier rudiment de la réorganisation sociale. Un pays sous le joug de la conquête, ou sous le joug de lois mauvaises, de lois sans accord avec les mœurs, de lois tombées en désuétude et non remplacées, un tel pays se régénère dans les asiles ; et la société peut s'y refaire comme elle y a commencé.

« Entre Florence et Rome sont des déserts qui font chaque jour de nouvelles conquêtes ; entre Rome et Naples sont encore des déserts. Que sont devenus ces beaux rivages qui furent la grande Grèce ? Qui pourrait croire à présent à toutes les merveilles que l'on raconte de la Sicile antique, et qui sont attestées par d'irrécusables monuments ? Nous songerons donc à fonder des colonies d'une autre sorte que les colonies anciennes. Il ne faut pas que l'Europe tourne, pour cet objet, les yeux du côté des Amériques ; elle n'a que trop abusé de sa puissance. D'ailleurs les Amériques émancipées n'ont plus besoin de recevoir de colonies nouvelles. Oui, c'est en Italie que nous voulons rétablir la lutte de l'homme contre les forces de la nature, contre cette funeste puissance de dissolution qui vient saisir les institutions humaines lorsqu'elles ont vécu leur âge, et qu'elles n'ont pas subi les transformations réclamées par le progrès des temps. Nous savons ce que signifie Hercule, vainqueur de l'hydre de Lerne, vainqueur d'Antée ; nous savons que la barbarie et la décadence se ressemblent ; nous savons enfin que les sociétés humaines peuvent se régénérer, que les peuples peuvent renaître, que le phénomène de la palingénésie est une des lois du monde intellectuel, comme il l'est du monde physique.

« Ainsi donc, nous devons faire par d'autres moyens ce que firent les premiers civilisateurs avec les moyens qui leur furent fournis par la Providence : la Providence nous secondera comme eux ; nous aussi nous sommes suscités d'elle. L'homme n'avait qu'un levier, il en a plusieurs. Les sciences et l'industrie, le perfectionnement des méthodes agricoles sont des instruments nouveaux avec lesquels il peut mieux lutter de cette lutte perpétuelle et sans repos qui lui est imposée, sous peine d'être vaincu par les forces de la nature. Par exemple, des manufactures qui s'exerceraient sur des produits chimiques, et qui animaliseraient l'air peu à peu pour mieux l'approprier à l'organisation de l'homme, les grands végétaux de l'Amérique, qui, transportés dans de certains lieux procureraient à une atmosphère stagnante un utile balancement, quelques pointes électriques distribuées avec intelligence sur la surface d'un sol maudit comme au premier jour de la faute de la race humaine, peut-être toutes ces choses réunies finiraient par dompter les marais Pontins, dont, comme on le sait, dans les temps anciens, les funestes exhalaisons n'étaient cernées et contenues que par la superstition des bois sacrés.

« On dirait que Dieu a mis la vie dans le monde, et que peu lui a importé le genre ou la forme de la vie ; il semble, dis-je, que c'est à l'homme à la faire ce qu'elle doit être. Mon fils, ne t'alarme point si j'emploie trop souvent des expressions peu mesurées. Tu m'as assez compris pour savoir que le respect ne manque jamais à ma pensée.

« Les colonies nouvelles que nous voulons instituer ne doivent marcher que pas à pas, et faire successivement leurs paisibles conquêtes, non en disputant la terre aux naturels du pays, mais en la disputant à la solitude et à la peste, en l'arrachant à la puissance aveugle et délétère qui la dévore, en la refaisant par le travail, en refaisant l'air et le climat. Elles s'avanceraient d'année en année ; elles ne prendraient une pleine possession d'un pays qu'après l'avoir préparé par la culture et par des travaux d'assainissement. Elles y feraient parquer leurs troupeaux avant d'y tracer des villages destinées ensuite à devenir des villes. Nous ne voulons pas sacrifier les hommes d'aujourd'hui aux hommes qui doivent leur succéder. On sait ce qu'il en coûta de funérailles pour conquérir sur une terre marécageuse et inhabitée, le sol où maintenant Saint-Pétersbourg règne sur la Baltique. Nous ne voulons pas de telles hécatombes.

« Au reste, les nouvelles études géologiques nous offrent des inductions puissantes dont il nous est permis de profiter. Nous pouvons faire pour certaines contrées ce que Dieu a fait pour notre globe, et en composer l'atmosphère, le sol, l'appropriation à la vie dans une succession analogue à celle des grandes époques qui ont précédé l'homme.

« Pendant que l'hiérophante parlait, je vins à penser que l'industrie, puissance toute récente des temps modernes, créée par la classe intermédiaire, devenue peu à peu la société elle-même ; je vins à penser, dis-je, que l'industrie consacre et cimente l'abolition de l'esclavage, abolition qui fut si lente et si graduelle ; je vins à penser en même temps que si, par impossible, on était parvenu à faire reculer la puissance industrielle, et à reconstruire l'aristocratie, alors on aurait invinciblement rétrogradé jusqu'à l'esclavage, c'est-à-dire jusqu'à l'abolition de la loi chrétienne. Je crus devoir communiquer cette pensée à mon initiateur.

« Il est certain, me dit-il, que la hiérarchie des castes ne peut s'appuyer que sur l'esclavage ou la servitude. Oui, il aurait fallu reconstruire à la fois la theocratie, le despotisme et l'esclavage. Je ne crois pas que les hommes dont la funeste influence avait imprimé un mouvement rétrograde eussent été à la nécessité de reculer si loin, mais ils auraient été entraînés. L'Europe, à l'époque dont tu parles, était sous le poids d'une occupation militaire générale, et une occupation militaire n'est pas indéfinie. C'est, de soi, un état transitoire. Il est, du reste, à remarquer que si un tel projet eût pu s'accomplir, c'eût été par Bonaparte, non pas même à cause de son génie immense, mais parce qu'il avait ses racines dans la société nouvelle. Il est difficile de prévoir ce que fût devenue l'Europe reculant toujours. Sans doute elle serait devenue ce qu'est aujourd'hui l'Afrique ».

Parmi les divers discours que m'avait tenus l'hiérophante, j'ai remarqué aussi une vue singulière sur les arts : « Nos peintres, nos statuaires, disait-il, ont une mine inépuisable à exploiter dans la création des personnages universels. L'étude de la science physiognomonique sert merveilleusement à cela, comme elle sert à nos juges et à nos magistrats. C'est une grande faculté instinctive qui a créé le Jupiter Olympien, Homère, tous les types antiques. Voyez le Moïse et le Christ de Michel-Ange ! Voyez les figures traditionnelles du Sauveur des hommes ! Il faut faire attention à une chose ; c'est le peuple qui fait une physionomie, qui lui imprime son vrai caractère individuel, ce qui la rend type historique ou mythique. Jusqu'à un certain point une physionomie n'est pas par elle-même ; elle est par ceux qui la regardent qui en sont impressionnés, dirigés, inspirés ou fascinés. Cette habitude du symbole élève nos artistes, développe en eux la faculté nécessaire pour saisir les figures historiques, les individualités poétiques. Noble statue humaine, c'est à l'homme seul, c'est à tout l'homme à retrouver en toi le caractère de la ressemblance divine, et il faut en toutes choses de l'inspiration pour trouver ce qui est. En un mot, ce sont toutes les sympathies réunies qui créent une ressemblance idéale, et l'artiste est tenu de se rendre l'expression de toutes ces sympathies.

« La physionomie est un miroir dans lequel il faut apprendre à lire, car l'homme doit tout apprendre : c'est une loi de son être ; l'autre loi de son être, c'est qu'il s'assimile ce qu'il apprend.

« Pascal se réjouissait de sa pensée oubliée, parce que c'était selon lui, une preuve de plus de sa faiblesse. Il se trompait, égaré par son génie mélancolique. Les pensées que nous oublions sont celles que nous n'avons pas devinées, ou qui ne se sont pas assimilées à nous.

« Le gui du chêne reste extérieur à l'arbre sur lequel il vit : il y a des pensées qui restent toujours extérieures à un esprit, qui ne peuvent devenir sa substance.

« Aucune conviction ne saurait reposer sur la faculté purement raisonnable. Développer son intelligence ne suffit donc pas.

VI

Le vieillard m'avait quitté, et j'allais me retirer sans trop savoir le chemin que je devais prendre, lorsqu'un héraut du temple s'approcha de moi pour me diriger dans ma route. Nous nous entretenions en marchant. Nous trouvions sur notre chemin des édifices dont il m'expliquait l'usage, sans m'y faire entrer. Je crois utile de consigner ici ce que j'ai appris par mon guide. Ce sont des enseignements qui n'ont pas sans doute l'importance des autres, mais qui cependant ont aussi une grande importance.

Le collège des théosophes a fondé une sorte de Panthéon, qui se nomme la salle des bustes et des statues ; c'est par un jugement solennel que cet honneur est décerné, et que les rangs sont assignés à chacun dans le Panthéon. Les bustes sont destinés aux personnages dont on ne peut pas présenter la vie entière, la pensée complète, à l'admiration ou à la vénération, des hommes, et qui cependant ont bien mérité d'eux, soit en élevant leurs facultés, soit en enchantant leur imagination, car tous les genres de gloire, de renommée y ont leur place ; c'est la récompense de tous les genres de mérites ou de vertus. La statue, sans doute, est pour ceux seulement qui ont laissé un nom irréprochable de tout point, tels qu'Hermès, Pythagore, Fénelon. Ainsi Napoléon a un buste et saint Vincent de Paul une statue.

L'hiérophante m'avait instruit d'une doctrine sur les arts, qui, je le comprends, avait été inspirée par la noble pensée du Panthéon. Mon guide, à son tour, me développe une théorie complète, qui m'a paru très relevée.

La nudité dans les statues n'a rien d'indécent ; il m'en donne une raison que je puis appeler physiologique, et que je m'abstiendrai d'expliquer. C'est l'instinct et non la réflexion qui a fait cette découverte, sans laquelle, il faut le dire, l'art statuaire n'existerait pas. Les autres raisons sont générales et s'appliquent à tous les arts : elles sont puisées à la même source où nous allons pénétrer.

Ainsi donc les belles représentations de la nature humaine par les arts d'imitation, sont des représentations qui, par l'essence même de l'art, placent la nature humaine, je ne dirai pas au dessus de son assujettissement aux sens, mais dans un état où la pensée puisse et doive l'oublier complètement. Une misère n'est point une beauté. La pureté est la première condition de la beauté comme elle est le fondement de tous les préceptes de l'art. La beauté est un reflet de l'âme immortelle.

La poésie de la vie en est la vraie réalité. Toutes les fois que les poètes sont descendus jusqu'à exalter notre misère, jusqu'à flatter nos faiblesses, jusqu'à faire, si l'on peut parler ainsi, l'apothéose des félicités des sens, ils ont méconnu la véritable inspiration. Malgré les formes élégantes qu'ils ont employées, malgré les expressions voilées dont ils se sont servis, ils n'ont pas moins péché contre l'inspiration qui était en eux, contre la nature divine de l'art. C'est comme un sacrilège et une idolâtrie ; toutes leurs habiles périphrases sont presque des crimes de plus. Jamais les poètes primitifs ne méritèrent un tel reproche. « Les nôtres, me disait mon guide, cherchent à imiter en cela les poètes primitifs. »

La peinture s'est aussi quelquefois ravalée ; elle est tombée aussi dans l'idolâtrie, et ses voiles indécents n'ont été alors que des périphrases criminelles.

Il semble que la statuaire placée dans une sphère plus complètement idéale soit plus dans l'impossibilité d'en descendre. Elle ne pourrait altérer les lignes de la beauté sans cesser d'être. La poésie et la peinture doivent rendre leur inspiration analogue à celle de la statuaire. On pourrait dire, au reste, dans l'hypothèse la plus générale, que l'apogée appartient à l'inspiration statuaire, et le drame à l'inspiration pittoresque. En un mot, les arts et la poésie, qui est le plus élevé de tous sont tenus de représenter l'homme, avant la déchance, lorsqu'ils veulent le représenter dans sa beauté ; ils se dégradent en le représentant après, s'ils le font avec de lâches condescendances.

Sans doute, ils peuvent peindre les abaissements et les misères de l'homme, mais que ce soit en gémissant.

Malheur au poète corrupteur. Il voudrait faire croire que les gloires et les joies de la terre ressemblent aux gloires et aux joies du ciel. « Nous n'interdisons pas au génie, disait mon guide, la liberté d'user de cette noble puissance qui lui est donnée de charmer les ennuis de notre exil ; mais nous lui interdisons la faculté de nous faire oublier notre patrie. » Ainsi la pensée de l'épreuve ne cesse d'être la pensée dominante, qui produit tout dans la ville des Expiations.

Mon guide m'expliqua ensuite les lois de la poésie dramatique, telles qu'elles sont exposées par le collège des théosophes. Il me parla d'une de leurs trilogies, dont Zénobie est le sujet. Dans la première tragédie, on voit cette reine de Palmyre au sommet de la gloire humaine. Son nom retentit dans tout l'Orient. Cette grande gloire est loin de la satisfaire. Elle subit l'initiation du polythéisme, et elle en connait l'insuffisance. Là se trouve une peinture animée des mystères, mais les hiérophantes des mystères de la gentilité commencent à s'apercevoir que l'Empire religieux leur échappe. Ils ont recours tantôt à une philosophie mystique, tantôt à une théurgie occulte. Ils ne connaissent rien aux destinées de l'avenir. Les oracles ne sont plus secondés par la croyance des peuples.

Dans la seconde tragédie, tout cet état s'éclipse. Les calamités succèdent aux calamités. Zénobie, retirée dans ses palais et se ressouvenant de Salomon, a recours à l'initiation juive. Elle se fait instruire dans les traditions du peuple de Dieu ; elle lit leurs livres. Elle craint que ses malheurs ne soient une punition de l'oubli où elle est restée de la foi de Salomon, fondateur de Palmyre. Elle attend avec une vive inquiétude les Romains, qui furent ses alliés, et toutefois elle se dispose à une dernière et vaine résistance. Il y a dans toute cette tragédie un pressentiment de fin, je ne sais quelle terreur d'une ruine et prochaine et inévitable.

Dans la troisième tragédie, tout est perdu. Zénobie, les mains attachées avec une chaîne d'or, est offerte à la pitié du monde. C'est ainsi qu'elle sera conduite à Rome, pour orner le triomphe de Valérien. Cette reine malheureuse a découvert, dans les traditions juives, la promesse du Messie. Elle est instruite, dans les fers, de la réalisation de cette promesse. Elle se fait raconter l'établissement merveilleux du christianisme par toute la terre. Elle conçoit le désir de l'initiation chrétienne.

Hors de la trilogie, et après la consommation de cette triple action dramatique, une scène lyrique représente Zénobie dans les solitudes de Tivoli, tout entière à la contemplation chrétienne. C'est une sorte d'apothéose sur la terre, c'est-à-dire une peinture calme et solennelle de l'âme humaine prenant déjà possession de ses destinées éternelles. Ainsi l'immolation forcée de toutes les vanités de la terre devient, par la force toute puissante de la volonté et de la foi, une immolation libre.

Cette triple initiation de Zénobie rappelle la triple et successive initiation du genre humain. Zénobie est soumise à toutes les épreuves, entre dans toutes les voies préparatoires. Elle est ainsi une image et un type de l'humanité. J'ai passé sous silence tout ce que les différentes situations de Zénobie ont de personnel à cette reine infortunée. Je n'ai voulu que faire comprendre la donnée générale du poète.

Le sujet national de Jeanne d'Arc a également été traité sous la forme de la trilogie antique.

Premi re action. Peinture de la France envahie par l'étranger ; peinture des diverses races qui sont destinées à s'assimiler pour former l'unité des mœurs françaises. Jeanne d'Arc prothétesse et interprète du sentiment national ; ce sentiment devient son essence et sa vie. Elle est poussée à l'action au lieu d'être poussée à la vaticination ; haut degré de l'enthousiasme, qui est l'inspiration même. Elle dit adieu à sa chaumière. Le signe de sa mission ne lui manquera pas, elle trouvera l'épée, elle délivrera Orléans. L'instinct de l'avenir produit la foi de la victoire.

Deuxième action. Entrevue avec Charles VII. Cour de Chinon. Combat de l'inspiration contre les préjugés de la raison. Première accusation de magie. Cette puissance inconnue qui vit dans l'héroïne n'est-elle point une puissance fascinatrice ? Haute et lumineuse intelligence de Jeanne d'Arc. Elle marche au siège d'Orléans avec son drapeau, qui sera vainqueur et qui restera innocent.

Troisième action. Jeanne d'Arc a délivré Orléans. Elle est à Reims. Le Roi est sacré. Le sens prophétique de l'héroïne s'évanouit. Les souvenirs de l'enfance la viennent assiéger. Elle veut retourner dans sa cabane, auprès de son vieux père. Une tristesse immense s'empare d'elle, parce qu'elle ne peut aller revoir le pays de sa naissance ; elle pense à la chapelle où elle reçut ses premières inspirations, au chêne où elle entendit des voix, comme l'antique Vola des races primitives du Nord.

Après les trois actions qui constituent la peinture de la mission si merveilleuse de Jeanne d'Arc, vient une composition dithyrambique pour l'apothéose du personnage. Voix populaire de sorcellerie. Le jugement, la mort. L'âme s'envole dans les régions de la vérité. La sentence inique sera cassée, d'abord par l'organe suprême du pouvoir religieux, ensuite par l'organe tardif et misérable du pouvoir politique ; et Dieu vengera la mort injuste de sa prophétesse.

Tous les événements, toutes les révolutions des peuples étant des crises de progrès ou de décadence, et ces crises étant analogues chez tous les peuples, les représentations théâtrales, destinées à les rappeler, peuvent être toutes ramenées à une analogie philosophique, à un symbolisme poétique ; mais il faut que l'analogie soit sentie et non exprimée, que le symbolisme repose dans la puissance de la composition.

Tarquin-le-Superbe, Junius Brutus, mort de Tarquin : trilogie où toute la chose romaine est expliquée et développée. Le Lucumon étrusque, la lutte du pouvoir royal contre la personnalité aristocratique. Vive peinture d'oppression et de douleur d'enfantement dans les trois actions ; car dans toutes les trois il y a violence et force, crise palingénésique et souffrance. Les plébéiens. matière première qu'il s'agit de former pour constituer l'élément progressif, et arriver au droit commun : telle fut la mission de la septuple royauté. Junius Brutus fait rétrograder l'initiation de Servius Tullius. L'événement de la troisième tragédie se passe à Cumes, et l'action dramatique à Rome. Dans l'ensemble de la trilogie, le génie même du peuple romain est rendu vivant. On y prévoit à la fois le décemvirat, le triumvirat et l'empire. La Ville éternelle devra produire une personnification terrible que l'on saluera dans les empereurs sous le nom d'éternité.

Toutes les actions, tous les événements, ne sont pas susceptibles d'être traités ainsi. Tragédies isolées : Romulus, le fondateur ; Numa, le théocrate ; Servius Tullius, l'émancipateur ; Coriolan, l'implacable patricien ; Camille, le patriote. Deux tragédies donnent les deux bouts d'une longue chaîne de destinées : le décemvirat et le triumvirat. Tragédies individuelles : Philolaüs, Cicéron, Thomas Morus.

Mon guide m'explique encore les lois de l'épopée, de l'épopée générale, de l'épopée nationale, de l'épopée individuelle. Il me traça le plan d'une épopée chrétienne, nommée par lui la *Foi promise aux Gentils*. L'épopée nationale est bien intérieure à l'épopée générale. L'Odyssée est une épopée générale ; car on y trouve toute la civilisation d'un temps et les traces de toutes les civilisations antérieures. Ce qui vient d'être dit explique comment en effet l'épopée répond à l'inspiration statuaire ; et le drame à l'inspiration pittoresque. Mon guide passe également en revue tous les autres genres de poésie. Il me disait les applications nouvelles qui se faisaient de l'art oratoire. Il me faisait comprendre le système de philosophie morale auquel tout se rapportait. Il me racontait tous les travaux philologiques dont on faisait un délassement d'études plus relevées. Toutefois ces travaux philologiques n'ont pas pour but seulement d'éclaircir et de fixer les textes des écrivains ; ils ont aussi pour objet d'éclairer les mœurs et l'histoire des peuples, et surtout de faire ressortir les faits relatifs aux diverses traditions. Enfin, ils sont, dans la pensée dominante, dirigés vers l'étude des monuments de l'esprit humain. De même l'astronomie et la géographie, par une impulsion semblable, reculent vers les temps primitifs.

La suite et l'ensemble de cet entretien sont trop longs à raconter pour que je puisse être tenté de les consigner ici.

Lorsque je fus arrivé au lieu où je devais quitter mon guide, mes yeux furent bandés de nouveau. Je fus conduit par des chemins secrets jusque sur la route de ma patrie. Alors on ôta le bandeau de mes yeux et je vis encore la Ville des Expiations, mais de loin.

VII

Dans son manuscrit, Ballanche avait mis ici une note dans laquelle il disait : Il reste à me faire pour la Ville des Expiations une histoire dans la donnée de l'Homme sans nom, c'est-à-dire le tableau d'une vie entière d'expiation. Je terminerai par l'épilogue suivant.

J'ai écrit ceci, parce que j'ai cru bon de l'écrire. Je ne l'ai point d'abord pleinement publié, parce que j'ai cru qu'il fallait parler au petit nombre avant de parler à la multitude. Une voix crie dans le désert, elle est entendue seulement de ceux qui viennent au désert, ou, comme parle Pythagore, qui viennent consulter l'écho. Ceux-là vont ensuite raconter à la multitude insouciante des villes, et savent y accommoder leur langage. Et la voix qui crie dans le désert finit par remplir le monde. D'ailleurs, il faut bien en être convaincu, nous ne sommes jamais compris que par ceux qui sont en sympathie avec nous. Notre pensée tout entière n'est jamais bien saisie que par ceux qui ont des pensées analogues à la nôtre. Il faut donc commencer par fonder ces analogies, pour constater ces sympathies. Les disciples se groupent tout naturellement autour de celui qui vient énoncer leurs propres sentiments, les sentiments qui sont déjà en eux, et dont il s'est fait le représentant par l'arbitre suprême des destinées humaines. La peine de mort est un signe, le signe d'un ordre social fondé sur d'autres éléments.

Les semaines de Daniel ne sont pas longues dans le temps où nous vivons. Avec quelle rapidité en effet les situations les plus diverses se succèdent en Europe. Comme les systèmes de gouvernement sont coup sur coup frappés de désuétude ! D'autres verraient là un signe de la fin des sociétés humaines, c'est-à-dire la fin des choses. J'y vois une évolution complète, une palingénésie universelle. L'Europe ne ressembla jamais à l'immobile Orient.

Les discours dont je me suis souvenu pour assigner des

limites à une pensée générale, sont loin d'être des formules douées de quelque puissance, sont loin même d'etre de simples indications. Dans la ville future, qui est en même temps la ville des réalités, mais des réalités idéales, les prêtres, les surveillants, les autres chefs tiennent des discours qui leur sont inspirés par les circonstances diverses. Les prêtres surtout savent puiser dans une religion d'amour tous les motifs de leurs instructions. Il en est de même pour les prières, les détails des cérémonies, les institutions des fêtes, la liturgie, le gouvernement civil et religieux de la Ville des Expiations, seule résurrection possible des formes antiques. Je remonte bien plus haut que la civilisation moitié cyclopéenne, moitié héroïque, moitié anarchique du moyen âge, parce que les hommes dont je me suis senti appelé à m'occuper doivent recommencer leur éducation sociale, sous la douce influence de la loi chrétienne développée ; il ne s'agit point de leur forger de nouvelles chaînes,pour remplacer les tutelles successives de l'esclavage, de la servitude, des castes, qui ont été licenciées. Il s'agit au contraire de briser, pour eux, le joug de l'antique destin ; de leur rendre les flexibles lisières de la Providence ; de les réintroduire, par des épreuves ménagées, dans la sphère de la responsabilité. Il s'agit enfin d'offrir un asile au crime, une retraite au malheur : la retraite et l'asile doivent se rencontrer dans le même lieu ; car le malheur atteste une prévarication, et le crime n'est qu'une forme du malheur.

En effet, le coupable et l'infortuné témoignent également du besoin de l'expiation.

J'ai été instruit plus tard que la ville ésotérique avait une langue sacrée.

Le livre suivant sera un poëme traduit de cette langue sacrée : il tiendra lieu de la peinture d'une séance mystagogique, dont je suis obligé de m'abstenir, non point par une réserve qui me soit prescrite, mais par l'impuissance même de mes facultés. (1)

FIN DU LIVRE SEPTIÈME

(1) Il ne reste aucun fragment du Livre huitième.

La Ville des Expiations

LIVRE NEUVIÈME

Me voici, de nouveau, dans la ville régénératrice.

Cette fois, je suis immédiatement introduit au sein de la cité ésotérique.

Pendant que je cheminais le long de l'avenue du temple, avec le guide qui m'avait été donné, il crut devoir m'entretenir des divers écrits dont se compose la Palingénésie sociale.

« Mon fils, me disait-il, avoue que tu as été embarrassé pour réaliser l'Orphée aperçu par toi dans les profondeurs de la poésie primitive. Ne pouvant ni taire une histoire, ni créer un mythe, il ne t'a point été donné d'assigner une époque à ton poème ».

— « Je n'ai point dû éprouver l'embarras que vous supposez. Ma propre spontanéité suffisait complètement à mon dessin. Je n'avais point à peindre une époque fixe et positive ; je n'étais point emprisonné dans un thème prescrit, dans une sphère qui eût ses limites précises. Je voulais condenser, dans une seule composition épique, les quinze siècles de l'humanité qui ont précédé l'histoire ; je voulais faire la genèse de la gentilité, suppléer, s'il m'est permis de parler ainsi, à la lacune qui existe entre la Bible et Homère. L'Orphée est donc la formule la plus générale, l'expression la plus intimement historique des traditions de l'Ancien Monde ».

— « Avoue, au moins, que les matériaux dont tu t'es servi pour les Prolégomènes ont été entassés pêle-mêle par toi, et que tu as trop laissé à ton lecteur le soin de les coordonner ».

— « Je ne voulais qu'imprimer un mouvement à leur esprit, et non lui imposer des opinions. Toutefois ce mouvement est dans une direction fortement déterminée, et si je ne montre pas le point où l'humanité doit arriver, du moins je signale sa marche à travers les siècles. Au reste, je suis venu chercher ici, et c'est ici que j'espère trouver une véritable théorie de l'avenir, la pensée éclaircie du but de l'humanité ».

— « Tu ne nierais point que tes idées te sont venues successivement ».

— « J'ai dit moi-même que je travaillais à ma propre initiation, et que je désirais y associer mes lecteurs. On ne pouvait exiger de moi que je revêtisse ma spontanéité personnelle du manteau de la révélation, que je ne me fisse pas un devoir de conscience de marquer ce que l'intuition avait reçu de la méditation et de l'étude. Je ne suis ni théocrate, ni sectaire ».

— « Tu as parlé des Sibylles, et tu n'as rien dit de celles qui ont pressenti le christianisme ; et cependant une iconographie complète a consacré les traits de leur visage. De plus n'a-t-il pas été dit que le mot Sibylle est un mot phénicien, et que ce mot signifie retour de Dieu, révolution divine ? »

— « C'est Boulanger qui a parlé ainsi, et je ne sais sur quels documents. Vico avait remarqué que toutes les nations de la gentilité avaient eu chacune leur sybille, ce qui est vrai. Quant à moi, j'ai voulu établir que les Sibylles étaient tantôt des personnifications de cycles sociaux, ou de nationalités importantes, tantôt des créatures puissamment assimilatrices. Mais je crois que ce n'est qu'à l'approche de la manifestation chrétienne qu'elles ont été une expression des destinées générales de l'humanité. Les chrétiens primitifs, qui appelaient les Sibylles en témoignages savaient bien que toute parole cyclique appartient à notre religion, qui est la religion même de l'humanité. Ils savaient bien que toute vaticination véritable est une preuve du brisement de la révélation universelle dont le genre humain tout entier est toujours resté dépositaire. C'est ainsi que j'ai cité Constantin faisant lire au concile de Nicée une belle traduction grecque du Pollion de Virgile. C'est ainsi que j'ai parlé du Pymandre, livre égyptien dont il fut impossible de fixer la date »

— « On te dira ici bien d'autres choses sur les Sibylles, et sur la puissance assimilatrice dont elles sont douées ».

— « Ma pensée a entrevu ce que vos hiérophantes doivent me dévoiler ; mais ma pensée timide s'est enfuie sur des ailes de feu. Et je sais que Marie d'Agréda avait vu sans être éblouie, avait senti sans être épouvantée ».

— « Eh bien puisque tu as compris cet histérisme sublime qui donne le sentiment des choses cosmogoniques, tu es plus avancé que je ne croyais. Je le vois, tu as besoin surtout de donner de l'assurance à tes pensées intuitives ».

Sans doute mon guide avait bien d'autres observations à me faire, qui auraient exigé d'autres réponses ; mais nous arrivâmes au temple, et il dut me quitter.

Voyons si la morale ne repose pas sur des principes cosmologiques.

Chaque homme représente l'humanité.

Le devoir pour chaque homme, de se respecter lui-même est donc le devoir de respecter en lui la dignité humaine.

Le devoir de ne point attenter à sa propre vie est donc le même que celui de ne point attenter à la vie des autres. Kant a donc eu raison de dire : « Agir de telle sorte que la règle de tes actions puisse être une loi générale ».

L'Evangile place le critérium de la morale dans le sanctuaire cosmologique de la médiation. Chaque homme est le Christ, c'est-à-dire l'humanité à sa plus haute expression, l'humanité idéalisée, en quelque sorte, par la vertu assimilatrice du Médiateur.

Telle est l'infinie magnificence du dogme Eucharistique.

Kant a dit encore : « L'Ethique ne s'étend pas au-delà des devoirs de l'homme envers lui-même et envers les autres hommes ».

Cela peut être vrai dans la sphère purement métaphysique, et pour l'homme considéré seulement dans son existence actuelle. Au reste, ce n'est que dans le sens métaphysique qu'il l'a dit, comme ce n'est que dans ce sens qu'il a établi la règle de nos actions.

Tel est l'homme se posant lui-même, et posant le monde.

Mais l'homme cosmique et religieux ne saurait se contenter d'une Ethique si étroite. La raison humaine serait bien obligée de déclarer son insuffisance si les traditions générales du genre humain ne nous avaient pas enseigné la cosmologie de notre être. Kant établit cette vérité avec une logique irrésistible ; et c'est là le grand bienfait qui eût préservé Pascal de ses terribles visions.

L'homme cosmique et religieux dominant l'homme métaphysique est appelé à chercher ses rapports avec Dieu, avec les êtres intelligents, avec la création telle qu'elle apparait à nos sens et à notre esprit.

Ainsi l'Ethique, c'est-à-dire la morale non prescrite par une loi positive, écrite ou traditionnelle, non circonscrite par le droit fondé sur la raison ou sur la convention, la morale absolue et indépendante de toute sanction pénale, reconnaît un principe cosmologique à ses enseignements.

L'homme pourrait être sans rapport avec sa vie phénoménale ; il serait, mais avec d'autres conditions : pour lui, la morale ne peut appartenir exclusivement à son existence actuelle, car il ne saurait rester emprisonné dans le monde extérieur de la création. Nous savons bien d'ailleurs que ce n'est point le lieu de son essence, et qu'elle n'y est descendue qu'accidentellement.

Lorsque l'homme, après avoir appris à se connaître, vient à se juger, il est un être moral jugeant un être moral. Alors il ne peut faire autrement que de se juger dans ses rapports avec Dieu, avec les êtres intelligents et les êtres non intelligents, avec l'ensemble des choses humaines ou surhumaines.

Toutefois il n'a pas de juridiction sur son propre être, puisqu'il n'est pas sa cause à lui-même. De là, la nécessité de l'intervention de l'Etre inconditionnel, de l'Etre en qui est toute puissance et toute morale, l'Etre à la fois subjectif et objectif, celui qui a fait la conscience de l'homme, qui l'a doué de la capacité du bien et du mal.

La raison de la juridiction de l'homme sur lui-même est donc une émanation de la raison inconditionnelle de Dieu.

La loi du devoir est donc une loi divine, devenue loi humaine par l'assentiment de l'homme.

L'homme est donc son juge à lui-même selon la juridiction divine qui résulte du don de la capacité du bien et du mal.

Or la juridiction divine place la loi du devoir dans la sphère de l'infini. De là résulte que la sanction pénale se trouve aussi dans la sphère de l'infini.

La loi morale est donc essentiellement absolue et inconditionnelle. Mais l'homme, dans son existence présente, en rapport extérieurement avec le monde de la création, ne peut que la sentir conditionnelle et progressive. C'est par un effort de la raison humaine assimilée avec la raison divine, qu'il sait que la loi morale est absolue.

Cet effort, il est tenu de le faire puisque la faculté lui en a été donnée dès le commencement, comme son titre imprescriptible à l'existence absolue. Il doit donc travailler sans relâche à son perfectionnement, c'est-à-dire qu'il doit tendre à la perfection, qui, pour lui, n'est autre chose que la reconstruction de l'être primitif, de l'être absolu.

La perfection est donc le but de la loi morale, le but de la nature humaine, le but de l'homme.

Par elle il sortira de l'existence conditionnelle, passagère, progressive où il est détenu.

Jésus-Christ a dit : « Soyez parfaits comme notre Père céleste est parfait. »

Jésus-Christ a pu parler ainsi parce qu'il était venu pour manifester la religion générale de l'humanité, et cette religion générale de l'humanité est fondée en définitive sur la nature intime et absolue de l'homme.

Mais le principe cosmologique sur lequel repose la loi morale a besoin d'être connu dans toute son étendue, car c'est seulement ainsi que l'homme peut être expliqué, que la destinée humaine peut nous être révélée dans la profondeur de ses mystères.

Nous voici donc en présence du dogme redoutable de la déchéance et de la réhabilitation.

Nous voici donc nous affranchissant des chaînes pesantes de la solidarité pour prendre volontairement les doux liens de la charité.

Nous voici donc enfin sachant que l'expiation est la sanction pénale de l'infraction antique dont le Médiateur est venu nous aider à nous relever.

Si nous avons bien compris la religion générale de l'humanité, nous ne pouvons douter que la Médiation ne s'applique à tout le genre humain. Jésus-Christ a pu dire avec vérité qu'il a apporté le salut aux hommes. Il a pu dire avec vérité à son Père : « Pas un de ceux que vous m'avez confié ne sera perdu. » En rentrant dans la gloire de son Père, il a répondu du salut de tous les hommes.. .

Ici l'hiérophante se trouble. Un cri lugubre retentit dans l'enceinte sacrée.

Eh quoi ! dit l'hiérophante, je suis obligé de chercher mes paroles, et ma pensée elle-même devient confuse. Dieu me soit en aide, et me préserve du blasphème, car je me sens sur la pente d'un abyme Oui, cette pensée de l'expiation épouvante toutes mes facultés, lorsque je veux l'épuiser. Et ne faut-il pas que je l'épuise si je veux la connaître, puisque c'est là que s'est réfugié le sens de l'homme. Que la nature humaine, telle qu'il nous est donné de la pressentir, soit entraînée hors des notions du temps par la haute contemplation de son essence absolue, ne sera-t-elle pas forcée de rencontrer, pour toute sanction pénale, au lieu de l'expiation, les châtiments éternels ? car qu'y a-t-il hors du temps si ce n'est l'éternité ?...

Ici les gémissements se prolongent, et deviennent une angoisse intime. L'hiérophante se trouble de nouveau, et jetant autour de lui des regards inquiets, il s'écrie :

Dieu ! je ne veux pas devancer tes oracles, car toi seul sais le moment où tu dois les manifester ! Toi seul sais le jour et l'heure où tout sceau doit être brisé pour la race humaine, nous savons seulement que l'idée définitive est précédée par des idées préparatoires, que toute gestation est longue, que tout enfantement est douloureux. Dieu d'amour, n'est-il pas vrai que le dogme eucharistique est le dogme ineffable de l'amour, le dogme perpétuel du salut, l'emblème divin, le symbole cosmogonique et vivant de la Médiation ?

L'Eglise de Jésus Christ, dépositaire du dogme eucharistique, qui est le dogme continu et sans fin de la Médiation, saura bien s'expliquer lorsque le temps sera venu.

FIN DU LIVRE NEUVIÈME

EPILOGUE

Ici ma tâche est finie. Le peu qu'il m'a été donné de pressentir dans la loi providentielle qui régit les destinées humaines a été dit par moi, et je me suis expliqué aussi bien que je l'ai pu. Maintenant, je rentre dans le silence Il me reste à méditer sur ma propre destinée ; je ne dois plus m'entretenir qu'avec moi-même.

Nous sommes arrivés à une époque palingénésique. Les hommes que leur situation dans le monde de l'humanité devrait rendre les initiateurs de cette époque, ou la méconnaissent, ou sont peu en sympathie avec elle ; ce n'est pas la première fois que cela est arrivé ainsi ; nous le savons, le plus souvent, la Providence veut se réserver le droit de se manifester par des organes nouveaux. Alors les choses ne sont plus muettes ; les événements et les faits crient avec puissance ; les prophètes qui ont reçu l'ordre de maudire les tentes dressées dans le désert, n'ont de voix que pour bénir les pavillons d'Israël.

Quant à moi je n'ai point reçu de mission pour redresser les voies de ceux qui sont faits pour gouverner la société ; l'œuvre qui s'accomplit chaque jour m'est étrangère.

De plus, il faut un symbole à ce temps ; mais le moment n'est pas venu. Celui à qui aura été accordé le don du symbole, ancien dans son sens intime, nouveau seulement par l'expression ; celui à qui la parole secrète de l'énigme mystique sera connue, celui-là s'avancera à son tour. Il sera cru, car il ne fera que formuler la pensée devenue la pensée de tous ; et cette pensée ne peut être qu'une pensée chrétienne, car le christianisme est la dernière initiation du genre humain.

Voici le but et le motif des divers écrits qui sont comme l'histoire progressive d'un seul sentiment auquel, à mon insu, j'ai consacré toute ma vie.

La créature humaine, je ne l'ai jamais oublié, est une

créature frappée dans la source même qui l'a produite ; la déchéance se perpétue par la condition imposée pour la perpétuité de notre race ; c'est ce qu'affirment nos traditions, d'accord en ceci avec les traditions bien comprises de tous les peuples ; et celle de la gentilité, toutes perverties qu'elles peuvent être, ne font pas exception à une si imposante unanimité ; c'est ce qu'a dit admirablement Bossuet, en employant des mots rudes et nus, que l'autorité du sacerdoce peut seule permettre ; c'est ce qu'a fait entendre Pascal du sein d'une mélancolie sublime. Mais cette créature humaine peut se relever pour sortir de son abaissement, pour lutter contre l'opprobre de son origine. Elle s'immole, elle se dévoue ; elle inspire l'amour à un cœur généreux, et l'admiration à tous ; elle est initiée dans le mystère de son existence virginale par l'auteur même de sa naissance ignominieuse. Tel est le noble apologue auquel j'ai été autorisé à donner le nom d'Antigone, nom consacré déjà par les plus beaux souvenirs de la poésie. Il me fallait la fille mythique de l'inceste pour en faire l'héroïne de toutes les piétés. Ceux qui n'ont vu là que la résurrection d'un sujet antique ; ceux même qui n'y ont vu que le type du dévouement, créé par la muse grecque, ou ne m'ont pas compris, ou ne m'ont compris qu'à moitié.

Un homme doué des plus belles facultés, mais vaincu par les fatalités sociales, et destiné à être expié par le remords ; cet autre noble apologue, dont les traits profondément originaux ne m'ont été fournis que par la contemplation des choses, n'a point pu recevoir de nom, car je n'ai pas le pouvoir de nommer ; mais c'est l'homme même, l'homme aux prises avec des conjonctures plus fortes que lui, ou, pour mieux dire, l'homme vaincu par les premières épreuves imposées à la responsabilité de ses actes, et qui est relevé par les dernières, par les épreuves augustes du remords, de la philosophie, de la religion. Sans doute, les fatalités sociales sont inflexibles ; mais souvent, c'est l'homme qui les fait, ou qui entre en pacte avec elles. Antigone, née dans l'opprobre, s'en dégage ; l'homme sans nom s'y plonge de lui-même, par sa présomptueuse confiance en ses propres forces.

Comment naissent les traditions ? comment se transforment-elles pour s'approprier au génie des différents peuples ? Ensuite comment se perpétuent-elles, ou pures ou transformées ? Tel est le sujet du troisième apologue, auquel j'ai pu donner le nom d'Orphée, parce que ce nom m'était offert par la Grèce des temps qui ont immédiatement précédé les temps héroïques. Ma fable est donc la peinture d'une palingénésie de beaucoup extérieure à toutes les palingénésies historiques. Ainsi j'étais tenu de deviner, sous le voile des traditions locales et particulières, le génie des traditions générales ; de montrer la responsabilité humaine sortant de son berceau génésiasque ; d'interroger, dans tous les souvenirs de l'antiquité, le dogme un et identique de la déchéance et de la réhabilitation, contemporain du jour cosmogonique où la responsabilité a pu se manifester ; de reculer l'horizon historique jusque dans la région du mythe et de la poésie, de laisser entrevoir comment se forme cette chaîne mystérieuse des destinées humaines, cette série d'épreuves successives, naissant les unes des autres. les initiations toujours précédées par des épreuves, et les épreuves toujours égales et semblables à des expiations.

L'Orphée me conduit à Rome future. Sur les collines du vieux Latium sont attachés, au même roc, le dernier anneau de l'Orient et le premier anneau de l'Occident. De nouvelles destinées vont commencer. Une loi générale des sociétés est écrite dans les monuments les plus intimes de Rome primitive. Polybe et Varron l'avaient soupçonnée : l'un la chercha dans la suite et l'ensemble des événements; l'autre, dans l'étude de la langue. La Formule générale, que j'ai essayée, se fonde à la fois sur ces deux données, qui ont tant occupé Vico et les frères Dunl.

L'histoire du genre humain et l'histoire d'un homme sont identiques ; de plus, l'histoire d'un peuple est identique à l'histoire de tous les peuples. J'ai réduit l'histoire romaine primitive à trois grands faits, qui sont les trois sécessions plébéiennes : la première, sur le mont Aventin ; la seconde, sur le mont Crustumérien, devenu par là le mont Sacré ; la troisième, sur le mont Janicule. Ce sont trois initiations successives, qui manifestent, dans leurs développements graduels, les facultés en puissance, faisant leur évolution, et passant en acte. Les trois faits générateurs accusés par les sécessions plébéiennes sont l'acquisition de la conscience, c'est-à-dire de la responsabilité ; l'acquisition de la pudicité, c'est-à-dire du mariage légal ; l'acquisition de la dignité, c'est-à-dire de l'aptitude aux magistratures légitimes, civiles et religieuses. J'avais donc raison de dire que le plébéien, c'est l'homme même, l'homme évolutif, l'homme progressif, l'homme s'avançant par des initiations successives, au prix de l'épreuve, qui toujours se présente sous la forme d'une expiation.

Lorsque Platon construisait sa république idéale, lorsqu'il voulait que cette république fût le tableau de l'humanité, et que, de plus, elle fût une image de l'homme même, de l'homme avec ses diverses facultés, il savait bien que toute société est cela, et que l'homme est toujours, en ce sens, un type cosmique. Mais voici où est la différence des sociétés anciennes et de celles dont l'ère commence, c'est que, dans les premières, les hiérarchies furent immobiles et pétrifiées, et que maintenant elles sont toutes, de plus en plus, évolutives. Le christianisme affirme une seule essence humaine, déchue et réhabilitée.

Ainsi l'histoire romaine est devenue, pour nous, le tableau de la première palingénésie historique, comme l'Orphée avait été celui de toute palingénésie antérieure.

La Formule générale exprime une autre idée ; c'est, en quelque sorte, une nouvelle prise de possession du passé, du passé même le plus irrévocablement accompli. Voilà ce qui explique comment l'histoire nous découvre des secrets jusqu'à présent restés inconnus, c'est qu'un des triples sceaux se brise sous nos yeux. A mesure que l'horizon s'agrandit dans l'avenir, il faut qu'il s'agrandisse aussi dans le passé. L'intelligence humaine, comme l'ancien Janus, a deux faces.

L'Essai sur les Institutions sociales est à la fois un tableau général des sociétés humaines et de la transformation que subit aujourd'hui la société européenne ; les entretiens qui ont suivi (le Vieillard et le Jeune Homme) ne sont autre chose qu'un développement de ce dernier point. Il s'agissait de déterminer la question métaphysique et la question religieuse, que l'esprit humain examine en ce moment. Les transformations sociales sont toujours douloureuses ; et ce genre de douleur intense qui résulte de la rigueur de l'épreuve, prix expiateur de l'initiation, a été aussi peint par moi dans l'Homme sans nom.

L'essai sur les Institutions sociales est donc une introduction aux prolégomènes de la Palingénésie.

Platon construisait les hiérarchies de sa république idéale, d'après la diversité des facultés humaines ; la cité, grâce au christianisme, ne peut plus être fondée sur de tels éléments. Le dernier époptisme de la sagesse antique, nous l'avons vu dans Orphée, en laissait toujours un que nul néophyte ne pouvait pénétrer. Cet époptisme, objet de l'attente universelle, est devenu la science de tous.

Toutefois, la Ville des Expiations, semblable en cela, aux sociétés anciennes, la Ville des Expiations, fondée en faveur de ceux qui ont besoin de recommencer leur éducation sociale, de repasser par des épreuves appropriées à leur faiblesse ou à leur malheur, la Ville des Expirations est une image du précédent monde civil de l'humanité.

L'abolition de la peine de mort est, n'en doutons pas, la grande pensée générale, actuelle, ou plutôt, c'est la pensée extérieure qui sert d'enveloppe à la pensée intime, à la pensée palingénésique et profondément religieuse de l'entière évolution du christianisme.

Ici se pose de nouveau, mais sous une forme adoucie, le fameux problème des conditions attachées au développement de nos destinées. Souvenons-nous que toutes les annales du genre humain nous offrent toujours l'épreuve comme une expiation, parce que, selon ce que nous avons vu, la responsabilité et la déchéance sont contemporaines, et que la déchéance et la réhabilitation sont identiques. Toutes ces doctrines, issues des traditions primitives, vont se résumer dans le progrès que nous attendons. La solidarité des sociétés anciennes, subissant, par le christianisme, la transformation de la charité : tel est le lien merveilleux de la Ville des Expiations.

Une première Elégie, qui est à la suite de l'Homme sans nom, m'offrit l'occasion de porter un œil respectueux sur le sanctuaire où réside le palladium dynastique ; et j'ai trouvé que l'essence d'une dynastie est de représenter la société elle-même. Dans l'Orphée, les enfants de Bélus ont tiré le même enseignement de la fable du Phénix. La seconde Elégie est une Elégie générale, et termine tout : c'est le chant funèbre d'une société qui meurt, d'une société condamné par la Providence, et que l'homme ne peut rappeler à la vie. Ce glas funèbre avait retenti déjà dans les Institutions sociales. La révolution française, crise immense, prend, si l'on peut parler ainsi, rang parmi les crises cosmogoniques du monde civil. L'antique symbolisme eût raconté une histoire analogue à celle de Sémélé qui enfantait le Dieu émancipateur, le Dieu destiné à détrôner le Jupiter des vieux patriciats ; elle l'enfanta sur une couche de feu qui la consuma elle-même, et qui respecta son fils, l'enfant de l'avenir. Ne nous effrayons pas de l'audace de ces fables si énergiques des âges anciens. Je le redis, nous sommes à un instant palingénésique, et je le redis encore, c'est un moment d'angoisse terrible, puisqu'il ne peut y avoir de résurrection sans mort. Mais à présent nous savons que le christianisme veille sur nos destinées immortelles. Oui, le phénix est sur son bûcher ; le bûcher est composé de parfums et de bois odoriférants, et ceci est bien plus vrai qu'au temps d'Orphée.

J'ai dit de mille façons que la société a été imposée à l'homme, que l'homme est né dans la société, que la société est une des conditions mises par la Providence au perfectionnement de l'homme, ou à son retour vers son état primitif, enfin l'accomplissement de ses destinées quelles qu'elles soient. Mais si une partie de ses destinées demeure voilée à nos yeux, sachons pourtant que toute créature doit finir par accomplir la loi de son être.

Ainsi l'homme individuel et l'homme collectif ont eu en moi un historien qui peut s'être trompé, mais qui a voulu être sincère : néanmoins pourquoi refuserais-je de rendre le témoignage que j'ai dit la vérité, puisque je le crois de toute ma conviction ?

Tant qu'Orphée, celui que j'ai peint, a été soutenu par une pensée générale, il n'a cessé d'agir sur les hommes. Sitôt qu'il sentit sa mission finie, il se retira dans la solitude. Il mourut inconnu. Les Muses néanmoins lui élevèrent un tombeau, les prêtres des saints mystères firent son apothéose, les peuples conservèrent son nom dans les traditions de la poésie, mais son nom seulement. En effet, qui pourrait formuler la doctrine orphique ?

Quant à moi, j'ai fini de dire. Sans doute, je pourrais me livrer à de nouvelles conjectures, et puiser, dans ce qui se passe, de nouveaux enseignements. Ce travail serait vain, car ce serait un travail. L'étude ne saurait remplacer l'inspiration. Il ne me reste plus qu'à attendre l'accomplissement de l'œuvre de la Providence, de cette œuvre dont j'ai cru qu'une partie du plan m'avait été connue.

La pensée de l'épreuve, de l'expiation, du progrès, cette pensée qui explique si bien les destinées humaines, je suis loin de lui avoir donné toute la réalité dont elle est susceptible. Lors même que je lui aurais donné une réalité plus grande, à force de génie et par la toute-puissance d'une énergique spontanéité, elle ne pourrait être regardée encore comme suffisamment réalisée : ce n'est pas un homme seul qui fait de telles choses.

Pour qu'une grande pensée, une pensée destinée à gouverner le monde, soit complètement réalisée, il faut qu'elle entre à la fois dans toutes les facultés humaines, qu'elle pénètre simultanément dans tout le domaine de la poésie, dans celui de la philosophie, dans celui de l'histoire. Il faut, si l'on peut parler ainsi, qu'elle subisse plusieurs incarnations. Or, c'est le temps, c'est l'esprit humain, ce n'est pas un homme seul, qui accomplit cet immense enfantement.

La pensée à laquelle j'ai consacré ma vie est la pensée la plus religieuse, puisqu'elle est la pensée intime de la religion du genre humain.

Ma mission est terminée, j'ai jeté le grain dans le sillon. La moisson sera pour d'autres. Souffle de l'avenir, viens hâter cette riche moisson !

J'oubliais de dire, et je devais bien l'oublier, que des Fragments sur des sentiments individuels avaient commencé cette carrière de douleur et de méditation. La peinture de sentiments individuels est aussi une manière de peindre l'homme même ; car tout le genre humain est dans un seul homme. Voilà pourquoi l'Antigone, qui ne fut, dans l'inspiration première, que l'épopée domestique, est devenue, à mon insu, une épopée générale. Toutefois, je dois m'interdire désormais cette sorte de peinture trop restreinte. Je me tairai donc, et je ne travaillerai plus qu'à ma propre expiation. C'est la tâche de mon âge, elle suffit bien à mes forces.

Les Muses ne m'élèveront point de tombeau comme à Orphée, les prêtres des saints mystères ne feront point mon apothéose, les peuples ne consacreront pas mon nom dans de poétiques traditions. Mais mes écrits laisseront une trace quelconque, je ne sais laquelle. Rien n'est perdu dans le monde matériel, rien n'est perdu dans le monde moral. Dans tous les ordres d'idées,

Le pas d'une fourmi pèse sur l'univers.

St-Amand (Cher). — Imp. DANIEL-CHAMBON

www.ingramcontent.com/pod-product-compliance
Lightning Source LLC
LaVergne TN
LVHW010610110826
845149LV00003B/851

* 9 7 8 2 0 1 3 7 2 6 4 9 8 *